講談社文庫

十一人の賊軍

冲方 丁

講談社

目次

十一人の賊軍

第一章　入牢人《じゅろうにん》

一

政《まさ》は、もろ出しの尻を腰掛石に乗せ、夕日に染まる加治川《かじかわ》の広々とした流れに見入っていた。船着場につながれた渡し舟がゆったりと揺れ、川岸に咲く葛《くず》の花の甘い香りに引き寄せられた蜜蜂がどこかで羽音を残して飛んでいった。

政は、その穏やかな光景をのんびり楽しんだが、相棒の佐吉《さきち》のほうは、先ほどから立ったり座ったりと、ひどく落ち着きがない。

二人とも、手拭いで頬被《ほおかぶ》りをし、腰は褌《ふんどし》一枚、あとは草鞋《わらじ》だけという、駕籠《かご》かきらしい身軽な姿である。そばの地面には頑丈な駕籠かき棒が置かれ、庶民でも手軽に乗れる竹編みの乗り台を目の粗い畳表で囲った四手《よつで》駕籠が、いつでもその棒につけられるよう用意されている。腰掛石に立てかけられた二本の息杖《いきづえ》は、駕籠かきが姿勢を保つために使うもので、それぞれに寒さに備えて羽織《はお》りを巻きつけているが二人ともそれを取ろうとはしない。

強い暑気は去り、といってまだ秋めかず、川面《かわも》を滑る涼風もほどよかった。ときに慶応《けいおう》四年七月二十一日（西暦一八六八年九月七日）のことである。

「町のこっちは、ばか静かだな」

政が呟《つぶや》くと、佐吉が、ちらりと船着小屋を見た。その中で息をひそめる者たちがいるのだが、あまりの静けさに、自分たちしかいない気がして不安なのだろう。

「人の目が少ねっから、辻斬《つじぎり》なんか出んだ。こんな道、川向こうから年貢を運ぶか、奉公人を連れてくるだけのもんだろ。おらたちに用がある道じゃね」

せかせかとした調子で、佐吉が言った。

「いい稼ぎになっぞ」

政はそう返して、佐吉の言う「こんな道」を見た。

川岸から南へ細道がのびており、その先に、寺、町、そして侍《さむらい》屋《や》敷《しき》の塀が見える。それらの先にあるのが、川と同じく茜《あかね》色を帯びる新発田《しばた》城だ。

藩庁を擁し、藩主一族と家老衆、そして上級武士が居住する城で、加治川はその北側の外堀を兼ねている。「川向こう」とは、北岸の向こうに点在する、決して豊かではない農村のことだ。賑《にぎ》わいの絶えない南岸の城と城下町とは、世界が違った。

城は平城《ひらじろ》で、高さはないが、北の本丸から南に向かって二ノ丸と三ノ丸が広々と築かれている。本丸には特異な点が一つあり、なぜか丁字型をしているため屋根の三方を鯱鉾《しゃちほこ》が飾っているのだが、政と佐吉が知る城は新発田城だけで、ときに旅の商人から、城の鯱鉾は二つしかないのが普通だと聞かされても、彼らにとっては三つと決まっていた。

その本丸から南へおよそ五里（約十八キロメートル）先にあるのが、かの弘法大師《こうぼうだいし》が開いたという五頭山《ごずさん》だ。峰が五つあることからそう呼ばれ、一の峰は観世音菩薩《かんぜおんぼさつ》、二の峰は薬師如来《やくしにょらい》などと、峰の全てが仏に見立てられている。

そのどっしりと重たげな緑に覆われた山のあちこちで水が湧き、それらが一つとなったものが、こうして目の前を流れていることに、政は奇妙に胸を打たれる思いがした。

しばらく前まで、そういう大きな物の見方が、できたためしがなかった。目の前のものにとらわれ、物事の背後にあるものに意味を見いだせずにいた。なのに今は、大きな世の中にぽつんと在る自分を空から見下ろすようにとらえることができた。

「稼ぎなんて命あってのもんだぞ。おめも、なんで嫁もろたばっかで、こんな危ねえ仕事すんだ。こんげな所でおっ死《ち》にたくね」

ぶつぶつうるさい佐吉へ、政は馬鹿馬鹿しくなって言った。

「危ねえもんか。大したことね」

佐吉を宥《なだ》めるための虚言ではない。それこそ、おさだと夫婦《めおと》になって以来、以前よりもずっと、何が危なくてそうでないのか見極められるようになったのだ。

いざとなれば自慢の腕力に頼るだけと割り切る粗暴さが影をひそめ、誰の話も注意して聞くようになった。嘘を警戒するだけではなく、相手がどんな人間か理解するためだ。そうすると、たいてい相手も自分を理解しようとしてくれる。そうして信頼が培われるということを政はようやく知った。他人などどうでもいいと決めつけていた頃の馬鹿な自分を思うと溜め息が出る。疎まれて損をするために生きていたようなものだった。

「おめ、辻斬だぞ。てっきり捕まえたやつ運ぶだけ思うたったら、今から――」

佐吉の声が、ぷつんと途切れた。驚いた猫のように目がまん丸になっている。その視線を追ったところに、一人の侍がいて、のしのしと大股でこちらへ歩いてきていた。粗末な身なりからして下級の武士だが、ずいぶんと大柄だ。人並み以上の体格と膂力《りょりょく》が自慢の政といい勝負だった。

侍は、平然と座る政と、棒立ちの佐吉の前まで来ると、だみ声を放った。

「船着場に駕籠とは、何の冗談だ。船頭はどこに行った。貴様ら川を歩いて渡れるのか」

政は、侍と目を合わさず無言。佐吉は、恐怖で歯をかちかち鳴らしている。

侍が訝《いぶか》しげに眉をひそめた。かと思うと、ぱっと二人から距離を取り、腰の太刀に手をかけて辺りを見回した。

船着小屋から、棒を持った侍たちが、どっと溢れ出た。八人もだ。あんな狭い場所にぎゅう詰めになっていたのだから、さぞ苦しかったろう。

小屋から出た侍の一人が、果たして大きく息をついてから叫んだ。

「鷲尾《わしお》兵士郎《へいしろう》と門下衆である！　伊藤五右衛門《いとうごえもん》よ、神妙にせえ！」

他の侍たちが、ふうふう息をし、襟《えり》に汗染みを浮かべながら左右へ広がった。

「おお、若先生、これはいったい、どうしたことで？」

五右衛門が、取り囲まれないよう川沿いに後ずさって尋ね返した。

「とぼけんな！　川向こうで五人も六人も斬りおって！　生き延びた者が貴様の顔を知っておったのだ！　言い逃れはできんぞ！」

まなじりを決する兵士郎に対し、五右衛門はにこやかに応じた。

「斬ったのは七人です。八人目で、不覚にも殺し損ねました。百姓姿をしているくせに刀を隠し持っていたので藩士かと思いましたが、案の定でしたか。ああ、言っておきますが、勤王一揆《きんのういっき》に加担する不埒者《ふらちもの》を、退治せんとしたまでです」

「一揆だと⁉　証拠はあるのか⁉」

「証拠など不要。官軍との戦に兵を送れぬよう、百姓どもが橋を落とし、岸に柵を建て、竹槍《たけやり》を構えて道を塞《ふさ》ぐなどして邪魔立てしているのは衆知のことでしょう」

「馬鹿者！　藩主様と家老衆の方々は、領民を誅《ちゅう》してはならん、かえって一揆を広げるとお達し下されておろうが！」

「たかが一揆を恐れている場合ですか。いよいよ新発田藩も、奥羽越《おううえつ》列藩同盟の側について参戦したのですぞ。きっと我らも近いうちに出兵を命じられるはず。それまでに、たくさん人を斬り慣れておいたほうが、戦で役に立つに決まっています」

五右衛門の言葉に、兵士郎の怒りが頂点に達し、かえって表情を一切失った。

「だから無辜《むこ》の民百姓を女子どもの別なく斬って回ったと言うのか。道場主として、狂うた門人を野放しにするわけにはいかん。大人しく牢《ろう》に入り、裁きを受けよ」

「やれやれ、話が通じませんな。そう言われるのであれば、今すぐ出奔して幕軍に加わるまで。米沢藩《よねざわ》か会津藩《あいづ》なら受け入れてくれます」

五右衛門は、いかつい顔に笑みを浮かべて言い放つと、おもむろに刀を抜いた。

馬鹿だ、と政は心の中で呟いた。だらだらと話していないで、辻斬男が刀を抜く間を与えず襲いかかるべきだったのに。いったい何のために隠れていたんだか。

しかも兵士郎と仲間たちは刀を抜かず、棒の先に金具をつけたものを構えている。刺股《さすまた》や袖搦《そでがらみ》など、生け捕りにするための道具を即席で作ったらしい。そんなものを持っていたら、殺す気はないと相手に悟られるだけではないか。

「一斉にかかれ！」

兵士郎が、遅きに失した命令を口にした。佐吉がその声に驚いて跳び上がり、政の背後に回って犬のようにその場をうろうろし始めた。

政は、頬杖をついて侍たちの立ち回りを見物した。八人とも、ある程度まで五右衛門に近づくと足を止めている。自他の身の動きに全神経を注ぐあまり、じりじり、じわじわとしか動かない。

侍の斬り合いとはそういうものだと政は知っていた。何度か、仇討《あだう》ちだの果たし合いだのに赴く侍を駕籠で運んだことがあった。客の生き死ににかかわらず帰りも運ぶため、斬り合いを見物することになるのだが、侍たちが刀をなかなか振らないため、ひたすら欠伸《あくび》を嚙《か》み殺していたものだ。

このときもしばらくかかりそうだと思ったが、にわかに五右衛門が一人との距離を詰めた。その巨体が驚くほど迅速に動き、刀の腹で一人の胴を打ち、流れるように膝を叩《たた》いた。

斬ったのではない。痛打された侍は、呻《うめ》いて片膝をついたところへ、五右衛門の蹴りを胸に食らい、棒を放り出して転がり倒れた。

「貴様らを死なせてしまっては、一兵でもほしい幕軍に悪い。殺さんよう、打ち倒してやるから安心しろ」

五右衛門が傲然《ごうぜん》と言った。兵士郎がますます目つきを鋭くしたが、なおも棒で五右衛門を捕らえんとして、少しずつ相手に近づきながら機を窺《うかが》っている。

はったりだ。政は断言できた。殺さないのではなく、殺せないのだ。一人でも殺せば、残りが激昂《げきこう》して刀を抜き、道場風の上品な間合いの取り方を捨て、めちゃくちゃに殺到して五右衛門を滅多斬りにするかもしれない。実際、そのほうが簡単だった。五右衛門も必死に抵抗するだろうから何人か怪我《けが》をすることになるが、取り逃すことはなくなる。

だから五右衛門は、口八丁で斬り合いを避け、逃げ道を探っているのだ。

政は周囲に目を向け、逃げ道は一つしかないと見て取り、僅《わず》かに腰を浮かした。

そのとき五右衛門が、突き出される棒を刀で激しく弾き、さらに一人を叩くとみせ、侍たちの虚を衝《つ》いて猛然と駆け出した。

向かうのは、政と佐吉のそばにある渡し舟だ。それに跳び乗り、つないである縄を素早く切って竿《さお》をさし、川へ漕《こ》ぎ出せば、北岸へ逃げることができる。

兵士郎たちが慌てて追ったが、五右衛門の意外な足の速さについていけなかった。

代わりに政が地面へ手を伸ばし、長大な駕籠かき棒を持ち上げると、走り込んでくる五右衛門に向かって、力一杯ぶん回した。

五右衛門が目を剝《む》き、たたらを踏んでのけぞったその胸元を、棒がかすめた。

小ぶりな駕籠を担ぐための棒とはいえ十尺（約三メートル）の長さがある。太刀の三倍はあり、しかも打ち合えば刀のほうが折れかねないほど太く頑丈だ。

政は、五右衛門の足を止めれば兵士郎たちが取り押さえるだろうという考えを、すぐに捨てた。何しろ五右衛門の背後で、兵士郎たちまでもが足を止め、棒を構え直しているのだ。すぐさま全員で五右衛門に飛びつき、地に押し倒すべきなのに。上品な侍どもときたら、そういう考えが少しも浮かばないらしい。

このままでは稼ぎを逃す。政はそう判断し、あえて振り慣れない様子を装って、駕籠かき棒を左右へ振ってみせた。誘いである。果たして狙いどおりに、五右衛門が左手を刀から離し、振られた棒をあえて左胴で受け、しっかりと脇に抱え込んだ。

政は、くるりと五右衛門に背を向け、深く腰を落として肩に棒を乗せると、「えいっ！」という掛け声とともに全身の力を用いて相手を担ぎ上げた。おのれの腰を起点に、梃子《てこ》の要領で、棒を抱えた五右衛門を高々と持ち上げたのだ。

五右衛門の巨体が、あっという間に弧を描いて宙にのぼった。五右衛門はもとより、侍たちや佐吉も揃《そろ》って驚愕《きょうがく》した。

相手が頭上を超えれば、あとは楽なものだ。政は、勢いをつけて目の前の地面に叩きつけようとし、そこに腰掛石があるのを見て、咄嗟《とっさ》に身をひねって角度を変えた。五右衛門は全身で草地に激突し、その手から刀が吹っ飛んでいった。もし腰掛石にぶつけていたら死んでいたかもしれない。

政は、素早く駕籠かき棒を引き戻すと、衝撃で息を詰まらせている五右衛門のこめかみへ、問答無用で振り下ろした。十分に手加減した一撃だった。五右衛門は、頭を草地にめり込ませ、白目を剝《む》いて動かなくなった。

「殺すな、馬鹿者！」

「余計な真似《まね》をいたすな、下郎！」

侍たちが、政を罵《ののし》りながら倒れた五右衛門に駆け寄り、息をしていることを確かめ、数人がかりでその巨体を縛り上げていった。

もたもたしてやがるお前らが悪いんだろうが。政は心の中で毒づいたが、大人しく五右衛門と侍たちから離れ、腰掛石のそばでへたり込んでいる佐吉のそばへ行った。

すると兵士郎が追ってきて、丁寧な調子で声をかけた。

「すごい技を見せてもらった。これほどの長さの棒を振り抜くだけでなく、あの巨大な男を持ち上げて打ちのめすとは。武芸の心得が？」

「銃剣をちょっと教わりました」

と政は答えた。やくざ者同士の喧嘩《けんか》で培った勘と動きによるもので、武芸などではない。だが侍にそれを言っては機嫌を損ねることになる。お前たちの剣術は、喧嘩の技に劣ると言い放つに等しいからだ。

「ほう、どこの道場だ？」

兵士郎が興味深そうに問いを重ねた。

「方義隊《ほうぎたい》です」

政は適当に言った。農兵隊の一つである。新発田藩が兵の動員に限界をきたしたため、裕福な庄屋《しょうや》などが農兵を組織しているのだ。しかも全て庄屋の自費である。わざわざなんでそんなことをするのか政には不思議だった。

新発田藩の二代前の藩主だった直諒《なおあき》は、山崎闇斎《やまざきあんさい》を祖とする崎門《きもん》学派であり、自ら「尊皇開国」の論説を記し、それが皇族や公家《くげ》にも伝わるほど広まったのだ。前藩主の静山公こと直溥《なおひろ》や、現藩主の直正《なおまさ》が、直諒の論説を遺訓とするだけでなく、村々の庄屋までもが率先して学び、「勤王開国を是とする藩主様の一大事」に立ち上がったわけだった。

政からすれば何のことかさっぱりである。ただ、給金が出るというので試しに農兵隊に加わり、道場通いをする庄屋の子息から剣を、山の猟師から銃を多少教えられたが、本気で身につけたかったわけではない。あとは、それこそ五右衛門が言っていたように、川岸に柵を建てるのを手伝ったが、大した稼ぎにならないので早々に抜けてしまった。

「勤王派か。今も加わっているのか？」

兵士郎が目つきを鋭くしてさらに訊《き》いた。それでこの侍は、藩士や庄屋が言う「勤王開国」とやらには反対の立場で、「佐幕」がどうのと言っている側だと政は悟った。

「いいえ。難しいことはようわかりませんし、大して稼げねえんで、すぐやめました」

政は兵士郎に告げた。侍同士の争いに巻き込まれる気はさらさらなかった。

兵士郎は納得したようにうなずき、懐から紐《ひも》でつないだ銭を出すと、丸ごと政に渡した。

「駕籠代は別に払う。お前の功労は明白だが、あの男は我らが捕らえたことにせねばならんのだ。わかるな？」

手柄を買うと言うのだ。侍がそこまでするとは思わず、政も佐吉もびっくりした。

今日のことは誰にも話すなと脅せばいいだけだし、そもそも駕籠かきが辻斬を叩きのめしたと自慢したところで誰かが褒美をくれるわけでもない。実に律儀な侍だった。

「へえ、わかりました。ありがたく頂きます」

政は深々と頭を下げた。兵士郎がまた一つうなずき、

「駕籠を用意してくれ」

そう指示して、五右衛門を縛り上げる仲間のもとへ向かった。

政は、呆然《ぼうぜん》としている佐吉の鼻先で、銭の束を振ってみせた。

「見てみれ、いい稼ぎだろ」

二

新発田城の大手町口から三ノ丸の屋敷前にかけて、二百もの兵がたむろしていた。みな、よそ者だ。

米沢藩の家老、米沢奉行の色部《いろべ》長門《ながと》が直接率いる兵である。

今年五月、官軍こと新政府軍が北上してくると、米沢藩は色部を総督に据え、はじめ越後《えちご》への出陣を、そののち幕府の直轄領である新潟湊《みなと》の守りを命じた。

その色部が、自ら兵とともに城内に居座るのは、当然、新発田藩中枢を監視し、圧力をかけるためだ。

新発田藩は、米沢藩や会津藩から要請され、奥羽越列藩同盟に加盟している。そうせねば事に及ぶという脅迫を、両藩から受けてのことだ。それでもなお新発田藩主の直正と家老衆は、戦火に巻き込まれることを避けるべく必死に立ち回り、何度も出兵を避けてきた。

それに業を煮やした米沢藩が、色部に命じて同盟諸藩とともに新発田城を包囲させたのである。新発田藩は、到底逆らえず、同盟のため出兵せざるを得なくなった。

兵は今、長岡藩《ながおか》の城を陥落させた官軍の北上を食い止めるべく、見附《みつけ》の地で同盟軍の一員となって戦闘を行っている。米沢藩は、その新発田藩兵を督戦《とくせん》するだけでなく、なおも城下に兵を置き続けているのだった。

入江《いりえ》数馬《かずま》は、特別に許された上等な駕籠に乗って本丸へ進みながら、城内を我が物顔でうろつく米沢藩兵へ、苦々しい視線を送っていた。

大小三つの笹の下で二羽の雀《すずめ》が向かい合う、上杉《うえすぎ》氏の紋入りの幔幕《まんまく》を、あろうことか城内に設ける色部の傍若無人さに、はらわたの煮えくり返る思いがした。

だがその思いをあらわにしては、城内と城下に火をかけられかねない。屈辱に耐えて本丸に到着し、速やかに屋敷の一つに入ってお目通りを願った。すぐに許されて一室に赴くと、そこに痩せた初老の男がいて、親しげに数馬を迎えた。

「おお、婿《むこ》殿、戻ったか」

数馬は、礼儀正しく膝をついて頭《こうべ》を垂れた。

「はい、内匠《たくみ》様」

数馬の義父にして新発田藩家老衆の一人、溝口《みぞぐち》内匠である。元の姓は加藤《かとう》だが、家老衆は溝口の姓を名乗ることが慣例だ。

内匠は、家老衆の中でもとりわけ藩主の直正から厚く信頼されていた。直正の身の安全を守るため、江戸から帰国させた際には、国許《くにもと》から駆けつけて道行きを補佐し、城を包囲する同盟軍が総攻撃に移らんとしたときは、馬を駆けさせて押しとどめた男だった。

「首尾は？」

「鷲尾兵士郎たちは、辻斬を働いていた門人を生け捕りにしました。勤王一揆に関わる藩士を退治せんとした、と豪語したそうです」

内匠が苦々しげに顔をしかめた。

「そのようなことを吹聴させるな。米沢藩の兵に知られれば命取りになりかねん」

「はい。兵士郎には、辻斬男の世迷《よま》い言《ごと》を広めるなと釘を刺しておきました」

「厄介なことだ。直正様の命で、佐幕派を城外に遠ざけたが、かえって目が届かなくなった。それにしても鷲尾のせがれめ……、直心影流《じきしんかげ》の使い手として立派に育ったものを、佐幕に傾いたがため足軽《あしがる》長屋に移されるなど、病で死んだあれの父親が浮かばれぬ」

「は……ただ、兵士郎本人は、城外で官軍を食い止めるための配置、というお達しを真《ま》に受けており、こたびの内匠様からの密命を喜んでおります」

「五頭山詰めを命じられて、不満はないのだな？」

「むしろ意気揚々としております」

内匠は、かえって沈痛な様子で溜め息をついたが、すぐに顔を引き締めて言った。

「明朝、鷲尾一党と辻斬を働いた者をまとめて一ノ峰砦《とりで》へ向かわせよ。長いこと放置された砦ゆえ普請《ふしん》役をつける」

「やはり、来るのですね」

「新政府軍で最も話の通じぬ男が来る。長岡藩も、その男に挑まれて戦をせねばならず、それがために城を落とされ、藩主一族は会津に逃れた。こやつを止めねば、我らも同じ道を辿《たど》らされる」

「決して、そうはさせません」

決然と返す数馬へ、

「うむ。ことが済んだら、お前が兵を率いて始末をするのだぞ」

内匠は声を低くして命じた。

三

政とその片棒を担ぐ佐吉は、気を失ったまま雁字《がんじ》搦《がら》めに縛られた五右衛門を駕籠に乗せ、城の北側をぐるりと回る道を駆けていた。目的地は城の西側にある牢屋敷だ。

本気で駆けてはいない。五右衛門が目を覚ましてもがき始める前に、急いで牢役人に引き渡したかったが、ついてくる侍たちの足が遅いため早駆けができなかった。

刀など差しているから遅いんだ、のろまども。政は内心で舌打ちし、知らぬふりをして引き離してやろうかと考えた。だが、のろのろ歩かされるよりはずいぶんましだと自分に言い聞かせて駆け足を抑えた。

何しろ侍どもときたら、一人が脚を打たれて駆けられないくせに、全員で五右衛門を護送するなどと言い出したのだ。政は、四手駕籠では乗せられた人間がもがけば簡単に転げ落ちると言い返した。下手をすれば、棒を担いでいる自分たちごと倒れて危ない。籠に人を閉じ込めて運ぶ入牢人用の駕籠でも用意しない限り、早く運んだほうがいい。そういったことを、侍の怒りを恐れてびくびくする佐吉をよそに、政は堂々と述べた。

兵士郎は怒らず、脚を引きずる者に一人をつけ、残り六人で護送すると決めた。

「おめ、お侍相手に、よう強気にものが言えるな」

出発の際、佐吉がこそっとこぼしたが、強気なわけではない。

経験を積んだ駕籠かきとして、まっとうなことを口にしたまでだ。それに、辻斬男のような理屈の通じない相手ならともかく、兵士郎は律儀で話のわかる侍である。言えば納得してくれると踏んで談判したのだ。

とはいえ、確かにちょっと前の自分であれば、黙って我慢するか、さもなくば理由を説明することなく不機嫌になって要求を突っぱねるだけだったかもしれない。

気づけば侍どもの足の遅さに対する不満も消え、息杖を軽快に突きつつ茜色から藍《あい》色へ変わりゆく新発田川とお堀の水を楽しんでいた。

やはりこれも、おさだと一緒になって得ることができた心持ちだ。今のおれは、あの川のように穏やかだ。政はつくづくそう思った。

むろんどんな川も、山へ近づけば人畜を呑み込む危険な急流がたくさんある。大雨が降れば急流が水かさを増して激流となり、容易に氾濫《はんらん》する。浜に近い干拓地で泥につかって田を耕す領民にとって、暴れ川ほど恐ろしいものはない。城の人間は、いずれ必ず灌漑《かんがい》を行うと口では言うらしいが、実際は山々に新田を拓《ひら》くことを優先し、そのせいで水が流れやすくなり、氾濫の範囲がいっそう広がる始末だった。

水害は、家も道も田畑も、人が作ったものを何もかも駄目にする。同じように、政もかつては激しく繁吹《しぶ》く急流を心に抱えていた。藩が目先の利益のために水害を顧みないのと一緒で、自分を穏やかにするには何が必要かという考えすら持たなかった。

父の名も、政は知らなかった。父は、流れ者の雲助《くもすけ》だったらしい。街道で駕籠を担ぎ、ときに追《お》い剝《は》ぎ同然にぼったくる、性悪な駕籠かきのことだ。その父は、政が五つの頃、ふっと姿を消し、そのまま二度と戻らなかった。

浜の漁師の娘だった母は、政を連れて生家に帰らざるを得なかったが、そのとき幼い政にこう言った。

「あんたのおとうは、ろくでなしかもしれないが、あんたっていう宝物をあたしにくれたんだ。だからあたしは、あの人を恨んじゃいない。あんただって、おとうを恨むことはないんだよ」

それが母の本心なのか、子を哀れんでそう言ったに過ぎないのか、今となっては確かめるすべがなかった。政が十になる前、母は、外国人が海の向こうから運んできたコロリという病に罹《かか》った。母はそのせいで、溜《ため》という浮浪児や病人が集められる場所に閉じ込められ、他の患者ともども糞便《ふんべん》にまみれて力尽きるという、ひどい死に方をした。

コロリで死んだ者の骸《むくろ》を引き取ることは許されず、政は、病死した者たちをまとめて浜辺で焼く火と煙を睨《にら》みつけることで、母を見送った。

祖父母に孫を養う余裕がなかったため、母が死んですぐ、政は荷運びとして働かされた。政は頑健で、十二のときには並の大人より背が高くなった。父譲りの膂力と脚力、鋭い目つきと強面《こわもて》のおかげで、早々にいっぱしの働き手になれた。

だがおかげで祖父母が政の稼ぎを当てにするようになった。しかも彼らは家にあるものは全て政に「貸してやっている」と言い、茶碗《ちゃわん》一つ与えようとしなかった。

十五で、政は消えた父に倣《なら》うように駕籠かきになると、身一つで家を出た。寒々しい浜の景色に心底うんざりし、賑やかな宿場の駕籠屋を巡って仕事を求めたが、どこでもよそ者として扱われ、ときには何もしていないのに危険な存在とみなされた。

ずっと心は急流だった。酒、女、博奕《ばくち》を覚えたが、何をしても愉快になれず、いつもわけもなく不機嫌で、当然のように喧嘩っ早かった。

「暴れ者《あだけもん》」

と罵られることもたびたびで、宿場の役人に目をつけられたせいで駕籠屋の仕事を手配してもらえなくなり、宿場を締め出される、ということが何度もあった。

それでも雲助にはならないと決めており、そうした連中から誘われても頑として応じなかった。山越えのため、駕籠を頼るしかない善良な人々に大金をふっかけ、さもなくば身ぐるみを剝ぐぞ、と脅《おど》すのが嫌だったからではない。単に、自分と母を捨てた父と同じように生きるのが不快だった。

だがそんな政も、いっときだけ雲助連中とつるんで大いに稼いだことがある。そうせねばならないと信じてそうした。そのときは、かつてなく心に急流を抱えていた。

理由は、女だった。

さだ、という名の女だ。今は、おさだと呼ばれている。

なぜ、その女のために稼ごうと考えたか、政にもわからない。

おさだは、村の農家から、奉公に出された女だ。

幕府が、新田を作るには申請と許可が必要と定めたことから、農家は田を増やせず、長男や長女以外に家業を継ぐことができなくなった。そのため次男次女以下は、荒れた田畑しかない村の飛び地にやられるか、金銭と引き換えに奉公人として身売りされるのが普通だ。奉公人は、支払われた金銭の分だけ、十年でも二十年でも無償で働かねばならない。

おさだの奉公先は、新発田城下の町の南にある、駕籠屋を兼ねた旅籠《はたご》「風鈴屋《ふうりんや》」だった。政にとって、おさだは、世に数多《あまた》ある旅籠で目にする奉公女の一人に過ぎず、ひときわ美しいとか、華やかとか、特別なところは何もなかった。どこでも見られ、手を伸ばせば届くところで咲いている、昼顔のような女だ。

ただ、

（どうも、ごくろうさま）

いつも、自分のような人相の悪い男をちっとも怖がらないどころか、にっこりと労《いたわ》ってくれるのが、おさだなのだ。

そして気づけば、政は、「風鈴屋」でばかり仕事をもらうようになっていた。

おさだが、玄関の掃除をしている朝夕を狙い、駕籠かき長屋で目覚めるとすぐ仕事をもらいに行き、夕暮《ねぎら》れまでには飛んで戻ってきた。

おさだから短い労いの言葉をかけてもらうためだけに、せっせと通い続けたのは明らかだが、当の政は、そう認めなかった。表通りにある大店《おおだな》で、支払いをごまかさない律儀な夫婦が営んでいるから、「風鈴屋」で仕事をもらうのがいいのだと片棒を担ぐ者たちにも自分自身にも言い訳をした。

背丈が合うのでよく片棒担ぎを頼む佐吉からは、「おめ、所帯を持ちてえと考えてるんでねっか」と、遠回しにからかわれたが、政のほうは、そうした思案がないどころか馬鹿げているとさえ思っていた。父と同じ風来坊《ふうらいぼう》の自分が所帯を持ったところで、ろくなことにならないと決めつけていたのだ。

そのくせ、たゆまず「風鈴屋」通いを続け、半年を過ぎたあるとき、急におさだが玄関に姿を見せなくなった。政は、おさだが体を壊したのか、それとも年季奉公が終わったのかとやきもきし、さんざん迷った末、思いきって「風鈴屋」のあるじに、おさだはどうしているのか、と訊いた。

「おさだのやつ、ひどく喉《のど》をやられてねえ」

というのが、あるじの返答だった。

喉病は、多くは老人がなるものだ。大声で誦経《ずきよう》する僧や、声を張り上げる商売をする者が、喉を痛めた末になる。ただまれに若い者でも、かまどで火吹き棒を使う際、うっかり火の粉を吸って喉を火傷《やけど》したり、埃《ほこり》や黴《かび》を吸って咳《せき》が止まらなくなるなどして、おそろしく喉が嗄《か》れてしまうことがあった。たいてい喉薬を服《の》み、声を出さないようにしていれば治るが、不幸にも悪化すると若い者でも声が嗄れたままになる。最悪の場合、喉が声を発する力を失い、耳は聞こえても喋《しゃべ》ることができない、いわゆる聴唖者《ちょうあしゃ》になってしまう。

おさだも、最初は軽い咳が出る程度だった。だがすぐに喉が嗄れ、おかみが気にして、台所の仕事だけさせるようにしたという。接客で声を出さずに済むからだ。しかし、おさだの喉病はどうしたことか悪化する一方で、町で買える喉薬を特別に買い与えたが効果はなく、今ではろくに返事もできない状態だという。

「くびにするんか？」

政は、つい声にドスを利かせ、あるじをぎくっとさせた。

「いや、そんな気はない。喋れないだけで、奉公ができないわけじゃないんだ」

だから、くびにすることはない、とあるじは言ったが、政は疑わしく思った。

奉公に出した子らが病んだところで親が借銭を返して請け戻すわけがない。払ったほうは損を出さないよう、なるべく働かせ、それが無理なら、さらにどこかへ売る。それが、くびにするということだ。喉病持ちの女をわざわざ買う者が、まともな商売をしているとは思えない。遊女として買われるのがおちだろう。

政は、おさだと会えないまま「風鈴屋」を後にすると、駕籠かき仲間に、喉病を治してくれる良い医者を知らないかと尋ねて回った。

「外国の船が来る湊には、たいてい外国人の医者がいる。銭さえ払えば、どんな病でも治してくれるって話だが、いくらかかるかわからんよ」

関東から流れてきたという駕籠かきから教わると、政はすぐさま、それまで最も厭《いと》わしいと思っていたことを、おのれに命じた。

単身、羽州浜《うしゆうはま》街道へ向かい、雲助となったのだ。新潟宿から出羽国《でわ》（現在の山形県と秋田県）へ続く街道で、多数の藩の膝元を通過するが、難所が多く参勤交代では使われない。そのため城下町や湊町のほかには大した宿場もないが、その分、役人の目が届く土地は限られる。ひとけのない難所では、どんな客も雲助の言うがまま払わざるをえない。

政はその街道を、他の雲助どもと一緒に何度も往復し、商人たちを狙い撃ちにした。取り分を巡って仲間と揉《も》めることなど日常茶飯事で、誰も殺さずに済んだのが奇跡のような荒事にまみれた日々だった。やがて稼ぎが貯まると、今度はそれを仲間の雲助に狙われないうちに、政は忽然《こつぜん》と彼らのもとを去った。

そうして新発田城下に戻ると「風鈴屋」のあるじとおかみに、自分が銭を払うからと、おさだを駕籠で新潟湊に連れていき、外国人の医者に診《み》せることを談判したのだ。あるじとおかみは目を白黒させたが、政の形相の凄《すさ》まじさに「断れば旅籠に火をつけられるのではないか」と恐れ、望むようにさせた。

政は、佐吉に片棒担ぎを頼み、自分がお代を払った。あるじに言われて旅籠から出てきたおさだは、自分のために駕籠が用意されていると知って驚きのあまり棒立ちとなった。

政が、何ヵ月かぶりに目にするおさだの姿は、何も変わっていないように見えた。

だが、おさだがおずおずと頭を下げたとき、大事なものが欠けてしまっていることを痛感した。何とか声を出そうとするおさだの口からは、ひゅうひゅうと木枯《こが》らしのような音がこぼれ出るばかりだった。

政は、生まれて初めて他人のために泣きそうな思いを味わいながら、おさだを乗せた駕籠を佐吉とともに担ぎ上げ、奇妙な出来事を見るような顔をする旅籠の者たちを尻目に、威勢良く駆けた。新発田城から新潟湊までのおよそ半里（約二キロメートル）を進むうち、政の心はいつしか怒りに満たされていた。おさだのような罪のない女を、どうして神仏は救わないのか。それどころか、どうしてこの上なく大事なものを奪うのか。どれほど恨んだところで、政にできることは、やるせなさを身の力に変えて駆けることだけだった。

新潟湊に到着してのち外国人の医者には拍子抜けするほど、あっさり会うことができた。湊には外国人が建てさせた病院があり、列に並んで待つだけで診てもらえるのだ。病院を建てたのは、スネル兄弟というプロイセン出身の武器商人である。自分たちが優先的に居留できるよう、新潟奉行を懐柔するためのものだった。

諸藩が、ご維新と佐幕に分かれて戦を起こすご時世である。戦で負傷者が出ると、どの藩も外国人の優れた外科手術を頼ることになる。そのため、イギリス人やオランダ人などが、ほうぼうに病院を建て、ときに外交交渉の場ともなっていた。

政は、雲助働きで稼いだ分を全て費やす気でいたが、日本人の通訳からは高額ではあるが目を剝くほどではないお代を告げられ、文句を言わずに支払った。

そのうえで、金髪碧眼《へきがん》の船医に、おさだを診てもらった。政は、外国人を駕籠で運んだことがあるのでその容貌を知っていたが、おさだは初めてらしく、目をまん丸にしていた。船医のほうは、そうした反応に慣れっこの様子で、おさだの喉に手を当てたり、口を開かせて奇妙な金具を差し入れたりした後、かぶりを振って何か呟いた。

「この者を治すことはできません」

通訳が言った。

政は、そいつの顔をぶん殴って、もう一度診ろと叫んでやりたかった。だが、おさだがすっくと立ち、船医と通訳へ深々と頭を下げるので、自分も倣うしかなかった。

病院の外で駕籠を見てくれていた佐吉は、政とおさだの表情を見て、何も言わず、再び政と一緒に、おさだを駕籠に乗せて帰路を辿った。

結局、神仏は政の努力に報いなかった。「風鈴屋」に戻ると、おさだは、政と佐吉に向かって何度も頭を下げ、おかみに呼ばれて中へ入っていった。

「おめは見えんかったろうが、あの娘、帰りはずっと泣き通しだった。治らんとわかって悲しいんだろうな。でも、どうしようもねえ。お前は、やれるだけやった」

佐吉は、そう言って政の肩を叩くと、商売道具を駕籠屋に返却して立ち去った。

政は、すっかり虚脱し、玄関先に出てきたあるじに、通訳が口にしたことを力なく伝えた。雲助働きなど完全に無駄だった。むしろ、いつか治るかもしれないという希望を、おさだから奪っただけに終わった。やはり自分は父と同じだ。関わる者を不幸にするだけなのだ。そう思い、無性に情けなくなる政に、あるじがこう尋ねた。

「その外国人の医者に、有り金を全部取られたのかい？」

「いいや、大して払わねえで済んだ」

「ここ最近、お前さんを見かけなかったが、どっかで稼いでたんだろうねえ」

政は黙った。雲助働きのことを聞き知って、役所に報《しら》せる気かと勘ぐった。そうなれば城下から追い出されるかもしれない。おさだの喉を治すどころか、二度と会えなくなる。そう思うと膝から力が抜けそうになった。

だが、あるじはまったく違うことを言った。

「ずいぶんと頑張ったんだろう。おさだのことをそんなにも想っていたとはねえ。おれはもう、心底感じ入ったよ。なあお前さん、残った銭で、おさだを請け戻して、嫁にするといい。おさだだって、きっと喜ぶよ。そうして年季を終えさせた後も、おさだがうちで働きたいって言うんなら、改めて雇ってもいい」

政は、大口を開けたまま、言葉を失ってしまった。

四

おさだは、せっせと台所仕事を片づけるうち、ふと簡素な祝言を挙げたときのことを思い出して微笑《ほほえ》んでいた。そろそろ一年が経つというのに、日に何度も思い出すのだ。「風鈴屋」の一室で、あるじとおかみから衣裳《いしよう》を借り、かちこちに緊張する男の隣に座った瞬間、おさだはそれまで一度も感じたことのない陶然《とうぜん》たる思いに満たされていた。

親族が一人もいない祝言だった。請け戻しのことは、あるじが人をやって村の親に報せている。親は驚いたが、自分たちには一銭も入らないと知って興味を失ったらしい。彼らからすれば、自分たちが売った娘が、別の誰かに売られただけのことだ。

おさだにとっては違った。人生がひっくり返る出来事だった。喉を病んだ女を請け戻したがる男が現れるなど、想像もしたことがなかった。しかもその男は、二人で住める長屋に引っ越すと、残った銭をそっくりおさだに渡した。

自由にできる銭を持つなど生まれて初めてのことで、どうしていいかわからないおさだに、政が盗まれないための隠し場所を床下に作ってくれた。すぐに、稼いだ銭を政と一緒にこつこつ貯めるのが楽しくなった。

あるじのほうで役所に届け出てくれたので、町の人別帳《にんべつちょう》に、おさだは政の妻として登録されている。身売りされた娘が望みうる中で、最も自由の身だ。もしこれで夫が独りよがりの乱暴者であれば、かえって辛《つら》い境遇に陥るところだが、政はそうではなかった。これまで出会った誰よりも優しかった。

新潟湊からの帰り道、おさだを駕籠の中で泣かせてしまったことを、政は詫《わ》びた。おさだから病がいつか癒《い》えるという希望を奪ってしまって申し訳ないと涙目になって言ったのだ。だが、おさだがあのとき泣いた理由は違った。自分のためにここまでしてくれる誰かがいたということが幸せだった。むしろそれが生きる希望になった。

そのことを、おさだは政に伝えたかった。政のほうも、おさだの声なき声を真剣に理解しようとしてくれた。以来、二人の間で様々な符牒《ふちょう》が作られていった。多くは手振りや身振りだった。筆談もしたが、おさだも政も、あまり字を知らなかった。それよりも、互いの素振りに気を配ることで、声なき会話が弾《はず》んだ。

また、あるとき政が思いついて小さな鈴を買ってきてくれた。政が近くにいて呼びかけたいときに鳴らせと言うのだ。おさだはその鈴を帯に差し入れて肌身離さず持ち歩いた。ときどき政がいないところで取り出し、そっと鳴らした。そうするだけで痺《しび》れるような幸せに満たされた。

床《とこ》をともにすることも苦ではなかった。それどころか、政に触られるだけで全身を喜びに貫《つらぬ》かれた。男を知らないふりをすべきだったのだろうが、そんな余裕がなかった。声が出なくて幸いだとすら思った。さもなくば長屋じゅうに自分の声が響き渡っていただろう。自分は本当の意味で男を知らなかったのだと体が教えてくれた。

政はそんなおさだを慈《いつく》しんでくれた。なぜ男を知っているのかとも聞かなかった。身売りされた奉公娘を手籠《てごめ》にする男はしばしばいる。特に侍がそうだ。初めて藪《やぶ》に引きずり込まれて犯されたときも相手は侍だった。おさだが十一のときで、何をされているかもわからず、ただただ苦痛に耐えるしかなかった。

奉公娘が身ごもると厄介なことになるので、普段はおかみが目を光らせ、そういう男たちを遠ざけてくれるが、完全に避けることはできずにきた。だがそんな不安も、もう抱かずに済んだ。おかみが、奉公娘「さだ」ではなく、夫を持つ一人前の使用人「おさだ」として扱ってくれたからだ。奉公娘とはわけが違って、手を出せば店と夫の両方から訴えられるのだから男たちのほうも遠慮する。侍も、むしろ平民より厳しく処罰されるのだから、わざわざ夫がいる女を犯す理由がない。

すっかりそう信じ切っていた。

おさだが、おかみに言われて膳を下げに二階にのぼったとき、座敷《ざしき》の一つから戸越しに、「さあ飲め！　出兵祝いだ！」と威勢の良い声が聞こえた。

兵士郎と、七人の門人たちだ。「風鈴屋」で駕籠を手配した際、あらかじめ座敷を借りていたのである。

政と佐吉は彼らと戻り、次の仕事に取りかかる際、台所に来ておさだに顔を見せてくれた。罪を犯した侍を運ぶ仕事と政から聞いて、おさだが心配していたからだ。

政は、「こんげ稼げたぞ」とにんまり言って、銭の束の半分をおさだに渡した。

おさだは、それを重そうに持ってみせ、胸の前で両腕を交差させて肩をすくめるようにし、首を傾《かし》げた。銭の額だけ危険な仕事だったのでは？　と訊いたのだ。

「大した仕事でねかった」

政は笑って断言したが、

「おめにはな。どうやって辻斬男を捕まえたか、おさださんに教えてやれ」

佐吉が、げんなりした顔で言うので、おさだはじっと政を見つめた。

「なんも……逃げようとしたのを、ちょいと、駕籠棒で、ほれ、脅しただけだ」

口ごもって言う政に、おさだは、両手の人差し指を交差させてみせた。嘘だ、という意味だ。政が頭をかきかき、

「あー……、大したことねえやつだったのは本当だ」

などと言って誤魔化《ごまか》すので、交差した人差し指を、その逞《たくま》しい胸に押しつけた。

「すまねえ。怒らねえでくれ。おれが……駕籠棒でぶん殴って大人しくさせた。ああ、もうしねえ。おめが心配するようなことは何もしねえよ。約束すっから」

おさだは、きつく眉をひそめて小指を突き出した。政は佐吉の目の前でやらされるのを嫌がったが、渋々と大きな体を丸くして指切りげんまんに応じた。

「きちっと叱ってくれよ、おさださん。おれも危ねえ仕事の片棒は担ぎたくねえ」

佐吉が真面目に言った。政は、「大丈夫だ、約束すっから」と繰り返しおさだへ言い、次の仕事へ向かった。座敷で商人の酒宴に加わっていた住職が、寺へ帰るために駕籠を頼んだのだ。

おさだは、膝をついて食器を膳の一つに集めて重ねると、それを運ぶ前に、指切りをした小指を見つめた。政が張り切って稼ぎたがる理由はわかっていた。この自分を湯治《とうじ》に連れていきたいのだ。それで喉が治るわけではないだろうが、政は今もひたすら、おさだのために何かをしたがっていた。もう十分以上に労ってくれているのに。

どうかあの人に危ないことが起こりませんように、と祈ったとき、暗い影が背後から降りかかってきた。驚いて振り返ると、三人の侍が、ぎらぎらした目でおさだを見ていた。

五

兵士郎は、意気盛んな門人たちに笑みを投げながら、内心では失望していた。頼れる者たちと信じた彼らが、いかに兵として弱いか。それが今日の五右衛門との立ち合いで露呈してしまった。ある意味、五右衛門の言うことは正しかった。道場で学んだ一対一のぶつかり合いの稽古だけでは不足なのだ。八人がかりで五右衛門を囲みながら取り逃がしかけたのが証拠だった。いや、政が止めてくれたのであり、自分たちは取り逃がしたも同然だ。そのことを思うと恥じ入って顔を伏せたくなる。

逆に高々と持ち上げられた五右衛門を思い出すと胸が熱くなった。五右衛門の巨軀《きょく》と豪剣を恐れぬ胆力はもとより、退路を見抜いて阻んだ機転、刀を届かせない絶妙の間合い、棒ごと持ち上げる予想外の手、どれもが理に適《かな》っており、荒くれ者が腕力を頼りにするのとは画然《かくぜん》と異なった。

あの男がほしい。

兵士郎はひそかに願ったが、まさか侍が駕籠かきに頼めることではない。もしも農兵隊の一員であったとしても、勤王開国派とあっては加勢を頼むことは不可能だ。

今いる自分たち八人で、どうにかするしかない。いや、無事に生け捕りにできた五右衛門も駆り出されるから九人になる。五右衛門は剣に優れている分、下士のくせにひどく傲岸《ごうがん》だから、問題を起こさずにはおれないだろう。その五右衛門を大人しく働かせねばならないことも不安だった。

かつて鷲尾道場でともに研鑽《けんさん》し、溝口内匠の婿となった入江数馬からは、自分たちの務めは、五頭山にある古砦の普請と訊いている。一日ないし二日で同盟軍が着陣するとのことで、それまでに官軍が迫れば少数で古砦を守ることになる。

死ぬかもしれない。今さらながらそのことが兵士郎の心に迫った。未練があるわけではないが、自分も門人たちも、出兵を命じられることが決まりながら、どこかで現実として受け入れていなかった。五右衛門の捕縛の前に、あらかじめ宴席を用意しておくなど、今思えば浮ついていたとしか言いようがない。

それが今ようやく死を意識したのだ。門人たちが気勢を上げるのも、その恐れを消したいからだった。そのことがどの顔からも透けて見えるのが兵士郎には忌々《いまいま》しく、目を合わせるのも嫌になっていた。そのせいで三人が厠《かわや》へ行くと言って席を立ったまま、なかなか戻らないことにも気づかなかった。

三人は外に建てられた厠で用を足すと、出兵の緊張を紛らわすため鼻息荒く「戦だ、戦だ」と歌うように繰り返しながら、二階に戻った。

そこで、女の尻を見た。

膳を片づける女がいて、膝をついて尻を突き出しているように見えた。

三人とも口をつぐんだ。揃って股間のものが一瞬で勃《た》ち上がっていた。互いに顔を見交わし、無言のまま女のいる座敷に入り、一人が戸を閉めた。

驚き振り返る女を、三人がかりで押し倒した。

一人が女の口を押さえたが、はなから相手は声を上げなかった。それで三人とも飯盛り女だと一方的に決めつけた。女郎として買われた女のうち特に旅籠で働く女のことだ。奉公人にしては身なりが良いからそう考えた。城下では旅籠に女郎を置くことは禁じられていることも念頭にない。ただ滾《たぎ》り立つ欲求のはけ口を求め、遮二無二《しゃにむに》犯しにかかった。

おさだの帯がたちまち崩れて襟をはだけられた。両手と口を押さえられ、閉じようとする脚を無理やり広げられながら、おさだが考えていたのは、政に見られたら大変なことになるということだった。抵抗することも助けを呼ぶこともできず、政が仕事から帰るまでの間に、男たちがことを終えてくれることを願うしかなかった。

侍の一人が、おさだの秘所に唾《つば》をかけてぬめらせ、慌ただしく褌から怒張を取り出し、強引に挿し込んだとき、りん、と鈴が鳴った。男の動きに合わせて、帯に結わえた鈴が揺れていた。男たちもそれに気づき、おさだが鈴の音を止めようともがくのを面白がって押さえつけ、むしろ鈴が鳴るたび下卑《げび》た笑いをこぼした。

最初の一人のものが、あっという間に、おさだの中で果てた。それが引き抜かれ、次のものが勢いよく入ってきた。それもすぐに精を放つと、三人目がおさだの股の間に入り、のしかかって容赦なく秘所を貫いた。ついにそれも果て、やっと終わったと思うおさだの顔の上で、最初の一人が再びそそり立ったものをしごき、「もう一回だ」と言った。

そいつが、再びおさだに侵入した。また鈴が鳴り出した。おさだは、鈴の音を止めねばと必死にもがいたが、両手を押さえる男を楽しませただけだった。

がらり、と音を立てて戸が開かれた。

股の間にいる男が動くのをやめた。そいつが邪魔で、おさだからは戸を開いた者が見えなかった。

ぬっと現れた大きな両手が、そいつの頭の左右を鷲摑《わしづか》みにした。

政の手だとすぐにわかった。おさだは必死にかぶりを振ったが、政からは見えなかった。左右から手を押さえられているせいで、何も伝えることができなかった。

こきっ、という乾いた音がした。政の手が、男の首を難なくへし折ったのだ。おかしな角度になった首が勢いよく持ち上げられ、おさだの中に入っていたものが引き抜かれた。

首を折られた男の頭が、高々と掲げられていた。だらんと男の手足が垂れ、まるで首でも括《くく》って死んだような姿だ。かと思うと、その頭が猛然と振り下ろされた。おさだの右手を押さえたまま、ぽかんと見上げるばかりの男の顔面に、首を折られた男の顔が叩きつけられた。一瞬で二つの顔が潰れ、血の飛沫《ひまつ》がそこら中に飛び散った。二人の顔は、ぐしゃぐしゃになって一つにくっついてしまっていた。政の両手が、二人の首をまとめてつかむと、おさだから引き離して座敷の隅へ軽々と放り捨てた。

やっと、おさだから政の顔が見えた。

怒れる獣のような形相の政に向かって、おさだは必死にかぶりを振った。

だが政の目は、「ひいっ！」と悲鳴を上げて座敷から逃げ出す、残りの男の背へ向けられていた。

政は、即座にきびすを返してその男を追った。残されたおさだは、崩れた帯から鈴を取って滅茶苦茶《めちゃくちゃ》に鳴らした。お願いだから戻ってきて。そっちに行かないで。声なき声を懸命に上げ続けたが、鈴の音は、買ってもらって以来初めて、政の耳に届かなかった。

六

兵士郎が、先行きへの不安や暗い気分をどうにか押しやろうとしているところへ、厠に行っていた者が、慌ただしく戻ってきた。

「なんだ、どうした？」

他の面々がぎょっとなるのをよそに、そいつは自分の太刀をひっつかみ、震える手で下《さ》げ緒《お》を解きにかかった。この旅籠では刀を預けるのではなく、鞘走《さやばし》らないよう下げ緒を締め、おのおのの座敷に置く決まりだった。城の上級武士たちが刀を預けるのを嫌がるせいだ。万一、刀の返し間違いが起こり、そのせいで城外へ遊びに出たことが露見するのを恐れてのことである。

「待て、なぜ刀を？」

兵士郎が尋ねたとき、政が大股で入ってきた。状況がわからず困惑する兵士郎たちの目の前で、政は、必死に下げ緒を解こうとする男の手から易々《やすやす》と刀をもぎ取った。

「よ、よせ、よせっ！　なぜだっ！　たかが飯盛り女だろう！」

「あいつは、おれの女房だ」

「なに!?　そっ、そのようなこと、一言も口にしなかったぞ！」

政は、それ以上は何も返さず、鞘に納まったままの刀を振りかぶると、渾身《こんしん》の力で男の脳天へ振り下ろした。鞘と拵《こしら》えが砕け散り、男の頭蓋が割れて両目が眼窩《がんか》から飛び出した。刀身は鼻の下にまで斬り込んだ状態で折れ曲がり、血が噴き出して天井にまで達した。

他の四人が、わっと驚いて刀をつかむのをよそに、兵士郎は動かずにいた。いや、動けなかった。政の一刀の激烈さに身が痺れるほど感動してしまったのだ。あろうことか、ともに肩を並べて戦をするさまを思い浮かべていた。そしてその僅かな間に、事態はいよいよ取り返しのつかないものとなった。

四人のうち一人が、刀を抜きかけたところを政にひっつかまれ、窓の外へぶん投げられた。そいつは、手足をじたばたさせながら宙を舞い、向かいの小間物屋の軒先に置かれた縁台に頭を激突させて死んだ。

一人が刀を抜いたが、振るう機を得ることなく、石のように硬い政の拳で喉仏を打ち砕かれ、悶絶《もんぜつ》してのち窒息死した。残る二人のうち一人は、五右衛門に打たれて脚を引きずっていた男だった。その男が刀を振るったが、政にかわされた拍子に、うっかりもう一人の右腕を深々と切り裂いてしまった。

二人ともうろたえ、腕を斬られたほうが政の拳を眉間に叩き込まれ、誤って斬ったほうは睾丸《こうがん》が破裂するほど強烈に股間を蹴り上げられた。二人とも激痛でほとんど失神しながら丸くなったところを、政の手で次々に窓の外へ放り出され、地面に叩きつけられた衝撃がとどめとなって死んだ。

あっという間だった。鬼のような政の暴れぶりに、兵士郎は、殺されているのが自分の門人であることも忘れて見入っていた。

政が兵士郎を振り向き、悪鬼の形相で、ずんずん迫った。そこでやっと兵士郎が我に返り、片膝を立てて叫んだ。

「待て！　私は貴様とやり合う気はない！　止まってくれ！」

政が、ぴたりと足を止めた。

兵士郎の声を聞いたからではなかった。誰かが、政の右手の小指を握っていた。おさだだった。その乱れた髪や着物を見て、兵士郎は門人が何をしでかしたか明白に悟った。

政が悲痛に顔を歪《ゆが》め、おさだを見下ろした。

おさだも、真っ直ぐ政を見上げて泣いていた。

政が両膝をつき、大きな体でおさだを包むように抱きしめ、少年のような涙声で言った。

「ああ、ちくしょう、約束破っちまった。すまねえ、おさだ……。すまねえ……」

七

「喧嘩死にだと？　一夜で七人もか？」

苦りきった顔でうなずく数馬を見て、内匠は、あまりのことに肩を落とした。

今夜の城下町は、異常なほど騒がしかった。城下一の大店の旅籠「風鈴屋」で乱闘があって役人が出動したかと思えば、また別の旅籠では、なんと大砲を撃った者がいるというとんでもない騒ぎがあったのだ。

すわ米沢藩の揺さぶりかと、報せを受けた数馬が慌てて馬を駆けさせて確認したところ、大砲ではなく花火が旅籠の一室に投げ込まれたのだという。花火は、とりわけ片貝《かたかい》の町で盛んだった。専門の職人がいるのではなく、多くは趣味の独学で火薬の扱いを学ぶのだ。火花を飛散させると同時に、なるべく大きな音を起こすように作られるのが花火というもので、そのため大砲と勘違いした者が続出したのだった。

なぜ花火などが使われたかと言えば、こちらも喧嘩だという。旅籠に泊まっていた三人の浪人が誰かの怨《うら》みを買い、花火を投げ込まれたらしい。花火の炸裂《さくれつ》で三人とも鼓膜《こまく》を破られ、着衣が燃え上がった。火と爆音を浴びて狂乱するその三人を、花火を投げ込んだ者たちが、滅多刺しにして殺したのだった。

殺したのは新潟湊から来た男と女の二人で、ともに捕まっていると聞いた。数馬は、取り調べを牢役人に任せた。ひとまず大砲の音ではなかったことを人をやって内匠に報せ、自分は鷲尾道場へ行き、兵士郎一党が出兵に備えているか確認しに行った。

だがそこにいたのは、腹を切る準備をすっかり調えた兵士郎だった。

「ずいぶん遅かったな。役所を通して報せたはずだが」

大砲騒ぎで城を出たため、すれ違いになったのだ。いったいどういうつもりかと慌てて質《ただ》す数馬に、兵士郎は喧嘩で門人を失ったことを話した。

「非は我々にある。自首した駕籠かきに罪はないという証文を牢屋敷で作らせたので釈放させてくれ」

兵士郎は言った。よりにもよって出兵直前に喧嘩死にするなど不覚悟にも程がある。兵士郎が腹を切るのも道理だが、かといって侍を七人も殺した人物を、お咎《とが》めなしにしてくれなどというのは無茶だった。

特に昨今は人手が足らず、裁きが滞りがちだ。そこにコロリが流行し、牢を隔離施設として使ったことから入牢人の管理が困難となっていた。そのため家老衆が、可能な限り速やかに刑死させるよう、ひそかに牢役人へ命じているご時世なのだ。

だがそんなことを言えば兵士郎が意地になるのは目に見えていた。数馬は、その駕籠かきについては配慮するし、務めを果たさず腹を切ってはそれこそ不覚悟だとして必死に兵士郎を説得したのだった。

「鷲尾のせがれは、思いとどまりそうか？」

内匠の問いに、数馬はまたうなずき返した。

「はい。どうにか止めましたが、五頭山詰めの兵を新たに探す必要があります。猶予はどれほど……？」

「なきに等しい。今日、二人の貢士《こうし》が、新政府軍のものとなった長岡城から戻り、直正様に今後の手はずを報せた」

貢士とは、諸藩が新政府に差し出した人員のことだ。新政府の動向を知るには必要不可欠だが、貢士になった者には藩が勝手に命令することができなくなる。その貢士を通して、新発田藩はひそかに新政府に恭順の意を示し、同盟軍に強いられて出兵をしたことを詫びていた。新政府からは、小藩ゆえの行為であり他に仕方がなかったことは承知しているとの返答があり、時が至れば錦旗《きんき》のもとで働いてもらう、と言われていた。

「手はずとは、例の……？」

数馬が声をひそめて尋ねると、内匠も小声で返した。

「新政府軍の山縣狂介《やまがたきょうすけ》と黒田了助《くろだりょうすけ》、そして千名の兵が軍艦に乗り、太夫浜《たゆうはま》へ上陸する。それを新潟湊まで我らが案内することになった。ただし、すでに陸路で迫る岩村《いわむら》精一郎《せいいちろう》を止めることはできず、明後日《あさって》には五頭山を越え、ここへ到着する」

「明後日……」

改めて猶予のなさを思い知らされ、数馬は絶望で目がくらむ思いがした。

岩村精一郎こそ、内匠のいう「新政府軍で最も話が通じない男」だった。何しろ長岡藩が同盟側との和平を仲介するため交渉の場を設けたにもかかわらず、「卑しい時間稼ぎ」などと言って一蹴し、挑発に終始したのが岩村なのだ。

結果として長岡藩は、新政府軍と激しく戦うことになった。長岡藩は小藩であり、新発田藩が内通する山縣や黒田といった新政府軍の指揮官たちにとっては、必要のない戦である。しかも長岡藩はスネル兄弟から外国の武器商人から最新の武器を購入していたため、岩村は容易に城を陥《お》とせず、代わりに山縣が兵を率いて戦わねばならない始末だった。

「やはり岩村は、長岡攻めのことで意地になり、自軍のみで陸路を進み、新潟湊を攻めたがっているようだ」

「我が藩が火の海になるのも構わずに……」

「米沢藩家老の色部さえ城から出ていかせれば、そうはならぬ。やつとて数日のうちに去らねば危ういとわかっているはずだ。新政府軍を止めるにも、長岡城を奪還するにも、新潟湊を守るにも、やつの兵が必要なのだからな」

「あと数日……」

それまで岩村とその兵を五頭山で押しとどめ、色部を城から去らせ、そして山縣と黒田を領内に引き入れて新潟湊を攻めさせる。一歩間違えれば城下が火の海になる綱渡りの策だが、ことここに至っては何とか成就させるしかなかった。

まず何より五頭山で岩村の一隊を止める者が必要だったが、白羽の矢を立てた者たちは愚かな喧嘩で死んでしまった。兵士郎たちなら佐幕派激徒が独走したと言い訳できた。勤王一揆も、実は藩主の命令で藩士が煽動《せんどう》していたが、同盟側に察知されたときは役目を担った藩士を投獄という体裁で隠し、ほとぼりが冷めた頃に釈放すると決めている。それと似た偽装工作だったが、違うのは佐幕派激徒であるからには務めを終えると同時に、実際に「処分」する必要があるという点だ。そうせねば新発田藩が新政府軍から咎められる。

沈黙が下り、二人とも必死に頭を回転させていた。問答無用で迫り来る岩村の一隊を止めてくれる者たちが必要だった。しかもそれは、同盟軍か佐幕派激徒、あるいはそれらを装うことができ、かつ都合よく始末できる者たちでなければならない。岩村という疫病神のような男への生贄《いけにえ》に等しい、使い捨ての死兵。そんな存在を、人手不足が深刻な今の新発田藩で見つけられるとも思えなかった。

だがやがて、はたと内匠が顔を上げた。

「辻斬を働いた藩士と、鷲尾一党を殺した者の他に、入牢人はどれほどいる？」

数馬は、その問いの意味を瞬時に悟った。

「ただちに調べます」

疲労を押して立つと、城下へ向かう前に、妻の加奈《かな》がいる寝所に立ち寄った。

加奈は自分の髪を梳《と》かせていた下女を下がらせ、向かい合って座る夫の出《い》で立《た》ちを見て言った。

「今日も、まだ寝られないようですね」

「城下へ行かねばならん。今夜は帰れないだろう」

「私にも手伝えることはありますか？」

加奈が、真っ直ぐな視線を数馬へぶつけるようにして尋ねた。

本丸に住まう家老一族の女たちは、男に対し気遣いはしても遠慮はしない。ともに城を守っているという意識が強く、夫の務めに口を出して何が悪いと考えるのだ。とりわけ加奈は、馬に乗り、薙刀《なぎなた》を振るい、漢籍を読み、家の賄《まかな》いも自身で管理する。夫と何でも対等に話して当然という凜《りん》とした態度を、数馬のほうも愛していた。

だが、平家物語で女武者である巴御前《ともえごぜん》が最後の最後で同行を許されなかったように、この務めに関しては、いかに頼れる妻でも話せるものではなかった。それだけ重大な密計であるし、何より、非情で卑怯《ひきょう》だと加奈から咎められることが怖かった。そもそもが、佐幕派の藩士を騙《だま》して戦場に追いやったうえで始末する予定だったのだ。

しかもその一人は、かつて数馬が通った鷲尾道場の看板を継いだ男である。抱いた思想のせいで足軽同然に扱われているとはいえ、本来なら敬意を抱くべき侍だ。その侍を死地へ赴かせ、自分たちはひたすら助かるための道を探す。そうしたことを心の底では恥じている自分を意識するのが辛くて、数馬はつい目を伏せていた。

「手伝いは必要ない。ただ、急いでやらねばならないことがあるだけだ」

「何をやらねばならないのですか？」

「それは……内匠様から命じられた、あれこれだ」

「そのあれこれが何であるかお話しくだされば、わたくしにもできることがあるかもしれませんのに」

「ああ、うむ、そうかもしれん。だが今は急を要するので落ち着いたら話そう」

「落ち着くためにこそ、お手伝いできることがあればと願っています」

「すまん……いや、ありがとう。では、そろそろ行かねば」

「お気をつけて行ってらっしゃいませ」

日中の出勤のときのように加奈が言った。数馬は、今すぐ何もかも話したくなる衝動を抑え、急いで加奈から遠ざかろうとするように寝所を出ていった。

八

「門人たちこそ咎められるべきだと私が証言をしよう。喧嘩両成敗とはいえ多勢に無勢であったことも。それらが真実であることを誰にも疑わせないよう、私は今夜のうちに腹を切る。大事な戦を前にして配下の兵を失った咎は、私が負うべきなのだ」

八人のうち、ゆいいつ政が殺さなかった侍は、そう言った。途方もない律儀さだった。それをうっかり信じてしまったことを、政は牢に入れられた途端に後悔した。

涙を流すおさだを「風鈴屋」に残し、兵士郎や飛んできた役人とともに牢屋敷へ出頭したのだが、途中、とんでもない爆発音がどこかで起こった。兵士郎たちが大砲だと騒いだあの瞬間、脱兎《だつと》のごとく走れば逃げられた。その確信があった。

しかしそのとき、おさだの手が自分の小指を握る感触がよみがえり、走り出すことができなかった。逃げればお尋ね者になる。人別帳から抹消され、罪科持ちの非人となり、どこの町でもまともに住めなくなる。もしかすると父も、同様の理由で消えたのかもしれない。おさだをそんな男の妻にしてしまうことが申し訳なかった。それよりも目の前にいる侍が、無罪放免にしてくれる。そう信じたくなってしまったのだ。

だがすぐにそんな場合ではないと悟った。格子の外の僅かな火灯《ひあか》りしかない薄暗い牢に入るや、奥のほうで大きな人影が立ち上がるのがわかった。

「なんと！　貴様がここに入ってくるとは！」

辻斬男だった。政は、そいつが牢にいることを完全に失念していた。急いで身構えたところへ巨体に突進され、格子に背を叩きつけられた。

「常々、素手でも人を殺せるようにならねばならんと思うておった。ここで貴様を殺せば、めでたく八人目だ」

「何がめでてえだ、ふざけんな！」

政は、自分の首を絞めようとする五右衛門の両手首を握って押し返し、互いの胸を密着させて全身の力をぶつけ合った。こんなところで殺されてはたまらなかった。

「おめこそ、おれの八人目だ、馬鹿野郎！」

そのとき、また別の人影が立って二人に近寄り、のんびり声をかけた。

「ちょっとこっち向け」

真っ白な蓬髪《ほうはつ》を持つ、縦にひょろりと長い老人だった。五右衛門が目を剝き、老人に向かって吠《ほ》えた。

「邪魔をするな爺《じじ》い！」

その頰を、老人の手の平が打った。その無造作な一発で、五右衛門の顔全体が衝撃で歪み、白目を剝いてくずおれた。老人がその巨体を踏みつけ、腰に吊《つる》した何かを手繰《たぐ》った。縄だった。なんでそんなものを牢の中で持っているのかと政が疑問に思う間に、老人は手早く五右衛門の上体を縛り上げてしまった。

「お前もだ」

老人が政へ言った。きょとんとする政の右手首に、蛇のように何かが巻きついた。

輪になった縄だ。政は驚いて引っ張り返そうとしたが、さっと老人に足を払われて倒れ、あれよあれよという間に両手を背後に回されて手縄をかけられてしまった。

「何すんだ！　ほどけ、この爺ぃ！」

じたばたする政の背を、老人が力を込めて踏みつけた。胸が圧迫されて息が詰まった。老人が身を屈《かが》め、ささやいた。

「大人しうせんなら足も縛る。静かにせんならくつわをする。それでも、わしの気に障るようなら、このお前の首を吊す。わかったか？」

これまで政が聞いたことのない、おそろしく乾いた声だった。まるで亡者に話しかけられているような、おどろおどろしい迫力に、ぞっとなってうなずき返した。

足が背から離れた。政は縛られたまま上体を起こして格子に背を預け、そこにいる者たちを見た。暗がりに目が慣れ、五右衛門と老人の他に、五人いるとわかった。

そのうち、手首に刺青《いれずみ》、左頬に刀傷という、やくざ者を絵に描いたような年配の男が、政に微笑みかけた。

「おれは赤丹《あかに》と呼ばれてる。こっちは爺《じ》っつあんだ。おれたちが、ここの牢名主《ろうなぬし》さ」

「牢名主？」

「役人に代わって、お前らの面倒を見るんだよ。縄も、暴れん坊をしつけるために牢役人から渡されたもんだ。狭い牢の中で殺し合われちゃたまらんからな」

政は、なんとなく幼い頃に生き別れた父を連想させるその男を、鋭く睨んだ。

「おれが暴れたわけじゃねえ。こいつが突っかかってきたんだ」

五右衛門を蹴ろうとする政の足を、爺っつあんが縄を振るって、びしりと打った。

「痛えっ！」

政が慌てて足を引っ込め、赤丹が笑った。

「悪さすんのは牢の外だけにしな。牢には牢の掟《おきて》がある。さて、お前さん、そこでぶっ倒れてる男とは、どんな因縁がある？」

「侍たちに雇われて、こいつを駕籠に乗せて運んだ」

ぶすっと政は答えた。

「駕籠かきか。なんで恨まれた？」

「こいつが逃げようとしたから駕籠棒でぶっ叩いた」

「良い働きだ」

爺っつあんと呼ばれた老人が、子どもを誉めるように言った。

かえってむかつく政へ、赤丹がさらに問うた。

「で、なんで牢に入れられた？」

「おれを雇った侍たちが、悪さしたんだ。そいつらを、おれがぶちのめした」

「悪さってのは？　何された？」

「おれじゃねえよ」

政は、顔を背けて返答を拒んだ。赤丹もしつこく訊かなかった。

「駕籠かきが侍に手を上げる理由なんてのはそうあるもんじゃない。おおかた娘か女房思いの男だってところだろう。さておき、お前はここじゃ駕籠屋だ」

「担ぐもんもねえぞ」

「お前をそう呼ぶってことだ。牢の外と中じゃ、誰もが別の人間だ。外での因縁をここに持ち込んで、悪さをしちゃならねえ。わかるか？」

「わかる」

政は、さっさと手縄を解かせたい一心で、そう返した。内心では、妙な理屈に付き合っていられるかと思っていた。

「ちなみにお前が駕籠に乗せたその男のことは、辻斬と呼んでいる」

「外でやった悪さでねえか。持ち込んじゃならねえんだろ」

「やったことと因縁は別物だ」

よくわからない理屈に政は呆《あき》れたが、赤丹は気にせず他の者たちへ声をかけた。

「お前さんたち、この新入りに名乗ってやんな」

赤丹の隣で、坊主頭の男が、にたりとして言った。

「わしは引導《いんどう》だ。ふふ、徳を積んだ僧らしい良い呼ばれ名だろう。奇遇にも同房になれて嬉しいのではないか？　念仏を唱えてほしいときはいつでも言え」

「坊主が一緒の牢にいるわけねえだろ」

政が言い返した。寺社の関係者が、世俗の者と同じ牢に入ることはないのだ。

「僧侶の牢は、コロリに罹った者たちでいっぱいなのでな」

「コロリ……!?」

ぎょっとなった。その病で母や浜の大勢が死んだ記憶がいっぺんによみがえった。

赤丹が煙でも払うように手を振った。気にするなと言うのだ。

「あっちとは離れてるから大丈夫だ。さ、次はお前さんだぜ」

赤丹に促され、引導の横で膝を抱える、がりがりに痩せた男が、ぼそりと言った。

「三途《さんず》」

政は、また呆れた。

「引導ん横は三途の川か？　ふざけんな」

「たまたまだ。そいつは川に身を投げたが、岸に打ち上げられて死に損なったとさ」

「身投げなんかで、牢に入れられたんか？」

政が尋ねたが、三途と呼ばれた男は瞬《まばた》きもせず宙を見つめ、「川に殺された。川に殺された」とぶつぶつ呟くばかりで、不気味なことこの上ない。

赤丹がやれやれとかぶりを振り、三途に代わって答えた。

「そいつは浜のほうの農民さ。大雨で川が暴れて田畑をやられたあと、女房と子どもと、ついでにてめえの母親も殺して、自分も死のうとしやがったわけだ」

貧窮した農民が川に身を投げることは多い。極限まで飢《う》えてのことだ。その過程で、草でも木の皮でも口にする。草木の毒で手足が腫れて動けなくなったり、目が見えなくなったりする者もおり、とりわけ子どもがそうなりやすかった。

そうした不幸の末に気が違ってしまったらしい三途の顔を、政はうんざりするあまりそれ以上見ていられなくなった。

「そっちは？」

政のほうから、三途の隣にいる男へ尋ねた。

「二枚目です」

同じく農民らしい、粗末な出で立ちの男が答えた。確かに鼻筋の通った涼やかな顔立ちで、村でも町でも女の目を惹《ひ》くに違いない。

「見たまんまでねえか。もっと工夫せれや」

政がつくづく呆れて言った。

「罪作りな顔だろうが。そいつは庄屋の女房を寝取ったことがばれたんだが、庄屋が恥をかくのを嫌がってな。密通じゃなく、一揆を企《くわだ》てていたと訴えたわけだ」

赤丹が言うと、二枚目がさも切なげにかぶりを振った。

「企てていたのは庄屋のほうですよ。自分への疑いを、私にひっかぶせたんです」

「人の女房に手え出して、そん庄屋に殺されねかっただけましだろ」

政が冷ややかに睨んだ。二枚目は身をすくめたが、政の目には本気で怖がっているように見えなかった。変に肝《きも》が据わっているか、心のどこかが欠けているか、さもなくばその両方だろうと政は思った。

「おれは、おろしやだ」

二枚目がそれ以上何も言わないので、最後の一人が名乗った。政は目をぱちくりさせた。ロシアのことである。だがその男はどこからどう見ても、日本人だった。

「桑田立斎《くわたりゆうさい》を知っているか？」

男が訊いた。政は無言で見つめ返した。聞いたこともない名だった。

「新発田藩の藩士だ。南蛮医学を学んで、大勢が痘瘡《とうそう》に罹らんようにした。おれもそういう医者になりたい。殺し合いなんて馬鹿のすることだ。そんでおれは足軽銃剣隊を脱走して新潟湊に行った。外国人の医者の下で働いとったが他の足軽に居場所がばれた。そんで外国の船に隠れて、おろしやに行こうとしたが、船長にばれて新潟奉行に突き出された」

さも不当な扱いであるというように、おろしやがまくし立てた。

「なんで、おろしやなんだ？　医者がいっぱいいるのか？」

「おらんだに行きたかったが、おろしや行きの船しかなかったんだ」

「おらんだは、おろしやに近いのか？」

「知らんが、外国に出さえすりゃ、どうにかして行けるはずだ」

政は、他に何を訊いていいやらわからず黙った。そもそも牢の外のことを話しているのに赤丹が止めないのも矛盾している。そう思って赤丹を見ると、とっくに横になって目を閉じていた。爺っつあんも引導もだ。三途は膝を抱えたまま動かず、二枚目は悠々と大の字になっている。

おろしやが、政に小さくうなずきかけ、ごろりと横になった。

おれは縛られたままか。政は爺っつあんに文句を言おうとしたが、縄で打たれるだけだと悟って大人しく目を閉じた。

九

さして眠らぬうちに、ぱっと真っ赤な血がしぶいておさだの身に降りかかる夢に襲われ、息を呑んで目を開いた。どうしてこんなことになってしまったのか。危ない仕事などではなかったはずだ。なのに、おさだが襲われた。おさだの目の前で何人も殺した。おさだを考えうる限り最もひどく傷つけた。

全部おれのせいなのか。おれが悪かったのか。地団駄《じだんだ》を踏みながら叫びたかった。

「あの男が悪いんだよっ！」

いきなり甲高い声が飛んできて、政をびくっとさせた。

複数の足音がした。牢役人たちが新たに入牢人を連れてきたらしい。しかも声からして明らかに女だ。自分がいるのとは違う牢に入れられるはずだと政は思っていた。

だがなんと、政が見ている前で、錠が解かれて格子戸が開き、女が若い男とともに牢に放り込まれた。

女は、いかにも気の強い、すれっからしという感じだ。男のほうは、幼児のように大口をあけて牢の中を眺めている。自分が牢に入れられたことも理解していないような顔だ。

「男牢でねえかっ！　嬲《なぶ》り者にさせる気かよっ！　こんちくしょうどもっ！」

女がまくし立てたが、牢役人は辟易《へきえき》した様子で格子戸を閉めて錠をかけた。

まだ気絶しているらしい五右衛門以外の男たちが身を起こした。

引導が「女だ！」と叫び、女へ向かって這《は》い寄るのを、爺っつあんが無造作に蹴飛ばして止め、問答無用でその手足を縄で縛り上げた。

「戦で男たちが死ぬ分、女に子種を残さねばならん！　そう神仏が教えているのだ！　生殖よ、生殖せよ！　生殖論を世に広めよ！　女に次の命を託すのだ！」

縛られながらも引導は気が違ったように身をのたくらせ、女へ少しでも近づこうとしていたが、爺っつあんが首をつかみ絞めると、ぐう、と呻《うめ》いて意識を失った。

「誰も、この女を襲うな」

爺っつあんが、乾いた声で命じて壁際に戻り、ごろりと身を横たえた。

「なんなんだい、こいつ。わけわかんねえことわめきやがって」

女が、昏倒《こんとう》した引導から遠ざかりながら気味悪そうに言った。赤丹が同感だというように口をへの字にした。

「この罰当たり坊主は、今の調子で檀家《だんか》の娘を片端から手籠にしたんだ。で、怒った男衆に殺されそうになって自分から牢に駆け込んだのさ。お前らはなんでここに？」

「なんで話さなきゃいけないのさ？」

「おれとこの爺っつあんが、ここの牢名主だからだ。この牢以外はコロリに罹ったやつらで満員だ。残念だが女牢はないんだよ」

「男どもよりコロリのほうがましさ。どうせこっちはコロリか梅毒《ばいどく》で死ぬ身だ」

「遊女か、お前さん」

「新潟湊の三味線《しゃみせん》女郎さ。ちょいと値が張るよ」

「なんでまた湊を出て城下に？」

「殺したい浪人がいてね。他に二人いたけど、まとめて殺《や》ってきたところだよ」

爺っつあん以外の面々が女を見つめ、ついで茫々《ぼうぼう》と立ったままでいる若者へ目を向けた。政にも、どうしたらこの男女が人を殺せるのか想像がつかなかった。

「嘘だと思うかい？　本当の話さ。こっちのノロは片貝の出でね。死んだ兄貴が花火の名人だったもんで、こいつもその手のもんをたいそう上手く作るんだ。浪人どもが旅籠で酒をかっ食らってるところへ、こいつが一尺もある花火を放り込んだんだ」

「どおおーん」

ノロと呼ばれた若者が、嬉しそうに口にした。

「花火がどかんとなって、そいつらの耳を潰して火だるまにした。そこへ、あたしが包丁を持って飛び込んでってね。あいつらを刺しまくったよ。口の中にも尻の穴にも突っ込んでやったんだ。まんまとやってやったね。体の中に突っ込まれるってのがどんなもんか教えてやったのさ。ああ、すうっとした」

女も、実に楽しげに話し、男たちを鼻白ませた。

「花火か。良い手だ」

寝転んで目をつむったまま、爺っつあんが、ぼそっと呟いた。

「何があって、そこまでひどく怨んだんです？」

二枚目が興味深そうに尋ねた。自分ならそんなへまはしないと言いたげだ。

「ご維新浪人だったたってことが一つだね。あたしにも旦那がいたけど、厩舎《きゅうしゃ》役の下士が何を浮かれたか、ご維新で身を立てれば借財を返す必要がなくなるなんて言ってさ。脱藩したあと、すぐにどっかで死んじまった。おかげでこっちは身を売るしかなくなったよ」

赤丹が、どんどん饒舌《じょうぜつ》になる女の扱いに困惑したように額をかいた。

「湊の辺りは、ご維新浪人だらけのはずだ。新発田藩の藩主は勤王に熱心だって噂が広まったからな。なんでその一人だけを怨む？」

「あたしの腹の中のややこを殺しやがったんだ」

男たちが沈黙した。爺っつあんや三途も、女に目を向けた。

「灸《きゅう》が効かずに客の子をはらんじまってね。身重な間は三味線を弾いてるだけのはずだった。それがあの野郎は、腹の出た女に突っ込んでみたかったとか言い出しやがって。断った女郎屋の頭を斬って、あたしを犯したんだ。ややこは流れて、あたしも血を失って死にかけた。あの野郎、どうせ産んですぐ間引かれる餓鬼《がき》なんだから、おれの竿で供養してやったなんて言いやがった。あたしだって間引くしかないって割り切ってたさ。でもね、あの野郎がやっていいことじゃない。あいつはやっちゃいけないことをしたんだ」

「ああ、そうだな。ところで、おれの呼ばれ名は赤丹だ。お前の名は？」

赤丹が、とくとくと語って止まらない女を遮って尋ねた。爺っつあんはとっくにまた横になって目を閉じている。

「なつ。女郎屋でも同じ名で通してたよ」

「今からお前を三味線と呼ぶ。牢の外の因縁を持ち込まねえためだ。いいな？」

「勝手にしな。どうせここじゃ弾《ひ》けないけどね」

「そっちの男、ノロってのは本当の名か？」

「女郎屋の頭がそう呼んでただけさ。あたしもこいつの名を知らないよ。訊いても答えないんだから。兄貴と一緒に片貝から来たらしいが、その兄貴は務め先の火薬庫が事故で吹っ飛んだときに死んだって話でね。で、女郎屋の頭が、誰かからこいつを買ったんだ」

「なんで男を買う？　ああ……、面倒ごとが起きたとき、罪咎《つみとが》をおっかぶせて死んでもらうのに便利だからか」

「そんなとこだろ。あと、どういうわけか浪人どもを殺すのを手伝ってくれたよ」

「お前が頼んだんじゃないのか？」

「自分からついてきたんだ。何考えてるかわかんないけど、悪さはしないよ」

「花火を投げ込むんは悪さじゃないんか？」

おろしやが聞き返し、三味線ことなつを屹然《きつぜん》とさせた。

「何言ってんだ。悪さをしたやつを懲らしめたんだ――」

「あんにゃ！　あんにゃ！」

唐突にノロが叫び、縛られた政に駆け寄るや、ひしと抱きついた。

「なんだこいつ!?」

政は驚いて身をよじったが、ノロは離れずいっそう両腕を巻きつけてわめいた。

「あんにゃ！　あんにゃー！」

「まさかあんた、そいつの死んだ兄貴か？」

三味線が真顔で訊いた。

「そんげなわけがあるか！　触んな、この野郎――」

政が、肩でノロを押しのけた途端、縄がぱらりと解け、両手が自由になった。

「おめ……、縄を解いてくれたんか？」

ぽかんとなる政へ、ノロが縄を器用に手繰ってみせ、にこにこした。

「おいおい、爺っつあんの縄を解いちまったぜ」

赤丹が言うと、爺っつあんが身を起こし、目を丸くした。

「どうやった？」

「わからん」

爺っつあんは、ふむ、と呟いてノロを見つめたが、政を再び縛ることなく横になった。赤丹が肩をすくめて寝転ぶと、二枚目とおろしやもそうした。

「あんにゃ、ねんね」

ノロが、政のそばで腰を下ろし、床を叩いた。

「言っとくけど、そいつはしつこいよ。あたしもそいつを湊に帰そうとしたけど、てんで聞きやしなかったんだ」

三味線が面白そうに言って、なるべく男たちから遠い場所で身を丸くした。

政は早々に諦めてノロの隣で寝てやった。幸いノロが引っ付いてくることはなかった。ノロは驚くほどすぐに寝付いた。その安らかな息を聞くうちに政も眠った。血《ち》飛沫《しぶき》が舞う夢をまた見ることになると思ったが、不思議とそうはならなかった。ただ隣におさだがいない寂しさと、どこかで悲しげに鳴っている鈴の音を、眠りの中で感じ続けた。

十

「起きろ！　一人ずつ両手を出せ！　さっさとせんか！」

いきなり大声を浴びせられて跳ね起きた政は、自分がどこにいるのかわからず混乱した。窓がないため、朝なのかもわからない。

赤丹が率先して揃えた両手を格子の外に突き出し、牢役人に手縄をかけられた。爺っつあんが、辻斬こと五右衛門と引導の頬を引っぱたいて覚醒させ、縄を解いてやるのを見るうち、政は自分が牢にいることを思い出していた。

「小便くらいさせろ」

辻斬がだみ声でわめいた。

「水を飲ませてください」

二枚目が頼んだが、牢役人たちは一切無視した。

みな手縄をかけられ、牢から出されてのち、全員の首が、一本の長い縄でつながれた。赤丹を先頭に、あとは爺っつあん、政、辻斬、引導、二枚目、おろしや、三途、ノロ、三味線と、背丈の順で一列に通路を進まされた。

「思うたより早かった」

爺っつあんが、赤丹の背に向かって淡々と呟いた。

「十人も溜《た》まっては面倒なんだろうさ。お裁きの場で、もう少しばかり吠えてやりたかったが、きっと問答無用で片付けられるぜ」

赤丹が前を向いたまま言った。

「片付けられるって？」

政が訊いたが、赤丹も爺っつあんも反応しなかった。

「おい、駕籠かき。牢に戻り次第、貴様をくびり殺してやるからな」

背後から辻斬が脅してきたが、政の耳にろくに入らなかった。片付けられる。その言葉が何を意味するのか、うすうす悟り、怒りが込み上げていた。

侍なんか信用するんじゃなかった。あいつも殺して、さっさと逃げるべきだった。だがそう思ったところで後の祭りだ。逃げる機会はまだあるかもしれないという一縷《いちる》の望みを抱きながら、建物から広々とした庭に出された。

夜が明けたばかりの爽やかな空気に満ちたそこが、政にはたまらなく憎らしかった。高い塀と何人もの牢役人に囲まれて逃げ場もない。手縄を解こうと力を込めたが無駄だった。十人が並んでひざまずかされた。ここに来て辻斬も、取り調べのたぐいではないと悟ったらしく、落ち着かない様子できょろきょろ周囲を見ていた。

太刀を持った侍が後方から歩いてきて政たちの前に立ち、鋭い声音で告げた。

「首切り人、木暮総七《こぐれそうしち》である！　戦が迫り、我が藩が危機に瀕《ひん》するこのとき、市井で騒ぎを起こす愚か者は、ただちに刑死せしめよとのお達しである！」

「そんな馬鹿なことがあるか！　取り調べもされておらんのだぞ！」

辻斬がわめき、牢役人の棒でしたたかに背を打たれ、息を詰まらせた。

政は素早く左右を見た。表情からして抵抗の意志がありそうなのは、辻斬、引導、二枚目、おろしやだ。赤丹は澄み切った空を見上げて微笑み、爺っつあんは静かに目をつむっている。三途は何も見ておらず、ノロはへらへらして何も考えていない。三味線は自分のしたことに満足しており、はなから死を受け入れている。

赤丹と爺っつあんさえ与《くみ》してくれれば抵抗はできる。政は、辻斬が息を整えるのを待って、「あいつを蹴飛ばせ！」と叫び、総七に突進しようと考えた。総七の刀を奪い、縄を切る。辻斬が続けば、引導、二枚目、おろしやも前へ出る。赤丹と爺っつあんが一緒に前に出てくれるかは、賭けだった。

政が、自慢の両脚に力を込めたとき、総七がこう続けた。

「だが、あるお務めと引き換えに、貴様ら全員に恩情深くも赦免《しゃめん》が下されることとなった！　これより小十人組頭、入江数馬様より説明があるゆえ、ありがたく聞け！」

政は、立ち上がろうとするおのれの身を咄嗟にとどめた。隣で、辻斬が同様に前へ出ようとしたらしく、膝の力を抜いた。

新たに二人の侍が、赤丹がいる側から回り込み、総七のそばに立った。

一人は兵士郎だった。険しい顔で辻斬を睨みつけてから、口を一文字に引き結んで、政へうなずきかけた。このとおり、腹を切らせてもらえなかったが、約束は守る、とでも言いたいらしい。政からすれば、さっさとおれの縄を解けとわめいてやりたかった。

もう一人の侍が前へ出て、肚に力を込めた、よく通る声を放った。

「私が、入江数馬である。貴様ら一人一人の罪状は、こちらの木暮より詳しく聞き及んでいる。もし貴様らが、これから私が告げる務めを引き受け、十分に働いたならば、それがどのような罪であれ赦免されると誓う。このことは、家老衆が一員、溝口内匠様が直々にお命じになったことであり、決して約束を違《たが》えることはない」

赤丹が空を見るのをやめて、数馬に向かって、小馬鹿にするように笑って言った。

「おれたちがやったことを、溝口家の御方がお許しになるって言うんですか？」

「そうだ」

数馬は間髪容《い》れず断言した。

「お前たちがしたことだけではない。侍を殺した者。辻斬を働いた者。女を襲った者。銃剣隊を脱走した者。一揆を企てた者。おのが家族を殺した者。城下で御法度《ごはっと》の火薬を用い、浪人を殺した者。その全ての罪を赦《ゆる》すだけでなく、お上のお情けをもって報償金を払う。奉公者が身を請け戻されるに十分な額だ。また、戦が終わり次第、藩は川の灌漑に取りかかる。普請の務めに就きたい者がいれば迎え入れる」

三味線が、ぽかんとなった。心ここにあらずだった三途までもが、はっと顔を上げ、まじまじと数馬を見上げていた。数馬は、三味線や三途にうなずきかけ、いっそう自分の言うことに興味を持つよう仕向けている。それを遮るように、赤丹がせせら笑って言った。

「御赦免の大盤振る舞いときたもんだ。そうまでして、いったいおれたちに何をさせようってんで？　さぞや、お困りのことがあるんでしょうねえ」

「五頭山詰めだ」

数馬が答えると、赤丹が真顔になった。

その隣で、爺っつあんが、ぱちりと目を開いた。

「なるほど！　若先生、私を生け捕りにしたのはこのためですか！」

そうわめいて楽しげに笑い声を放つ辻斬を、兵士郎が忌々しげに睨みつけた。

反応したのはその三人だけだった。わけがわからない残り七人へ、数馬が告げた。

「五頭山にのぼり、一ノ峰の古砦に立て篭もる。そこで、この城を目指して進撃する新政府軍を、一日ないし二日の間、食い止めるのだ」

第二章　砦《とりで》

一

「弘法大師《こうぼうだいし》とかいう野郎も、ずいぶんと余計なことをしてくれたもんだぜ。ひでえ場所に道をこさえやがって」

赤丹《あかに》が、忌々しげに唾を吐いた。俵、酒樽《さかだる》、鍋などを満載した大八車を辻斬《つじぎり》が引き、赤丹、爺《じ》っつあん、引導《いんどう》が押し、でこぼこだらけの山道を進んでいるのだ。

政《まさ》はその後方で、同じく大八車を引いていた。そちらには胴丸《どうまる》、具足《ぐそく》、弓鉄砲、弾薬、普請のための槌《つち》や鋸《のこぎり》などが積まれ、おろしや、二枚目、三途《さんず》、ノロが押している。そのあとを三味線《しやみせん》が行李《こうり》を担いでついてきていた。

大八車と荷の大半は、数馬《かずま》が手配して兵士郎《へいしろう》に与えたものだ。とりわけ兵士郎個人では門下生全員のための武具を賄えず、数馬に頼るしかなかった。せっかく手に入れた武具も無用になるところだったが、こうして別の者たちが使うことになった。そのことに腹を立てるどころか、安堵《あんど》し歓迎していることを兵士郎は自覚していた。政が加わってくれたことがそれほど嬉しいのだ。侍としては口が裂けても言えないことだし、証人となって解放すると約束した身からすれば情けないことだが、今は政の存在が心強かった。

当の政は、むっつり黙って大八車を引き、状況が好転したのか、はたまた最悪のものに変じたのか見極めるため、今いる面々と周辺の様子を抜け目なく見ていた。

首を落とされたくなければどこかに閉じ篭もって新政府軍と戦えと言われ、爺っつあんと辻斬が興味を示した時点で、反抗の機は失われた。三途と三味線も、無罪放免だの報償金だの川の普請だの、怪しい言葉を鵜呑《うの》みにする様子だ。なし崩し的に、政と残りの入牢人たちも数馬の言うことを聞くしかなかった。

務めを引き受けると答えた者から縄を解かれ、便所に行かせてもらえ、牢屋敷の庭で麦飯と湯を振る舞われた。さらには風呂に案内され、清潔な着物と下着、そして新品の草鞋《わらじ》を与えられたことで、おおかたが抵抗の意志を失っていた。

政もひとまずは大人しくし、すぐさま出発を告げる兵士郎に従って城下を出た。

同道したのは、首切り人の木暮総七《こぐれそうしち》と牢役人たちである。十人が逃げ出さないための監視だ。務めについてあれこれ話した数馬は、気づけばいなくなっていた。

大八車は当初、兵士郎が近隣の農民に頼んで牛に引かせたので楽なものだった。左右に田畑を眺めながら山のふもとの道を進み、山道の入り口まで来たところで、また別の侍が不機嫌そうな顔で待っていた。

「普請役の荒井万之助《あらいまんのすけ》である」

傲然と名乗り、山道へ顎をしゃくった。さっさと山に入れというのだ。だがそこで農民が兵士郎から銭をもらって牛を連れて去り、牢役人たちも町へ戻っていった。残されたのは兵士郎、総七、万之助、十人の入牢人である。

「何をしている！　さっさと動かぬか！」

いきなり万之助が怒鳴った。

誰も動かず、怪訝《けげん》そうに万之助を見つめた。兵士郎と総七までもが、いったいこの藩士はなぜ何もない山のふもとで気を昂《たか》ぶらせているのかと不思議そうだ。

「首を斬られたいか！　言っておくが、この辺りは農兵隊の一団が常に目を光らせているのだぞ！　一人でも脱走しようとする者がいれば、ここにいる全員が残らず首を斬られると思え！　よいな！」

万之助はあくまで恫喝《どうかつ》を続けた。恐怖のせいだった。万之助と数馬の二人だけが、内匠《たくみ》から今回の策の詳細を教えられているのだ。万之助は、ひたすら生真面目であることが取り柄で、上司の命に逆らうことなど考えもつかない男だった。その点で内匠のみならず家老衆からの信頼も厚いが、決して器用ではない。佐幕派とはいえれっきとした藩士を捨て駒にすると知って衝撃を受け、決意したはいいが、殺気を秘めておけず朝からぴりぴりし通しだった。そこへいきなり、藩士たちが死んだため、死罪と決まった入牢人たちを代わりに使うと数馬から言われて恐慌に陥りかけた。

佐幕派藩士であれば我から望んで砦に入ってくれただろう。だが相手はどこの馬の骨ともわからぬ凶悪な入牢人の集団である。いつ逃げ出すかわからず、下手をすればこちらが殺されるかもしれない。

しかも、ともに策を任されたはずの数馬の到着が遅れているときては、万之助のような男にできることは、ひたすら居丈高《いたけだか》になって恐怖を押し隠すことだけだった。

だが政をはじめ入牢人の大半は、この男を小者とみた。務めが怖くてわめいているだけだとさっそく見抜いてしまった。

「へえへえ、承知してございますよ、旦那。じゃ、野郎ども、さっさとこの荷を山のどこかに運ぶとしようじゃねえか」

赤丹が率先して言った。小物の癇癪《かんしゃく》に付き合えばきりがないうえ、恐怖に駆られて何をするかわからず危険だからだ。後先考えずに誰かをここで殺しかねなかった。

「あたしはこいつを担ぐよ」

三味線が、大八車に載せていた行李を背負った。予備の履物の他に、彼女がお縄になったときに抱えていた三味線が入っているのだ。返り血で真っ赤に染まった姿で、焼け焦げて異臭を放つ浪人たちの屍《しかばね》を、ノロと一緒に満足そうに眺めながら一曲やっていたというのだから、だいぶ箍《たが》の外れた女だった。

残りの九人で二台の大八車を山へ運ぶことになり、あまりに道が険しいときは兵士郎と総七も手伝ったが、万之助は先導するだけで手を貸そうとしなかった。そのくせ一刻も早く砦に到着したがり、「さっさと運べ！　さっさとせんか！」とわめき散らしたが、兵士郎と総七から睨まれてようやく口をつぐんでいた。

「霊験あらたかな御山に登っているのですから、御加護があってほしいものですね」

二枚目が殊勝なことを言うのへ、

「あらたかってなんだ？」

三途が、政が知る限り初めてまともに会話に参加した。牢屋敷で麦飯を、さらに山に入ってから強飯《こわめし》も与えられたからか、青黒かった顔にだいぶ血色が戻っていた。

「効き目があるってことさ。経験上、仏に祈ったところで病気も怪我も治らんがね」

おろしやが、ふうふう息をついて大八車を押しながらくさした。

「この山に仏様がいんのか？」

三途が素《す》っ頓狂《とんきょう》な声を上げ、きょろきょろ見回した。ノロが面白がって真似をし、

「あんにゃー、ほとけ、どどーん、いひひひひ」

政の背に向かって、おかしな笑い声を上げた。

「何言ってやがっかもわかんね」

政が馬鹿馬鹿しげに呟《つぶや》くと、前方の大八車を押している爺っつあんが振り返り、にたりと初めて政へ笑みをくれた。

「どうやら仏を花火のように打ち上げる気らしい」

とたんに赤丹が噴き出し、引導もにやにやして話に乗っかった。

「五頭花火とは興味深い。峰々の一は観世音菩薩《かんぜおんぼさつ》、二は薬師如来《やくしにょらい》、三は不動明王《ふどうみょうおう》、四は毘沙門天《びしゃもんてん》、五は地蔵菩薩《じぞうぼさつ》。次々に、どどーんか。さぞ見応えがあろう」

「わかっちゃいたが、あんた、とんでもなく罰当たりな坊主だな」

赤丹が言って、爺っつあんと一緒に喉を鳴らして笑った。

「拙僧は曹洞《そうとう》宗であるからな。弘法大師を祖とする真言宗は好かん。聖俗を分かちす

ぎる。諸宗の中でもとりわけ山を好み、しかも女を入れてはならんと言う。不毛そのものだ。男が女の中に精を放ってこそ子々孫々が世に生ずるというのに」

三味線が、おぞましげに引導を振り返った。

「この坊主の皮をかぶったけだものだけは里に戻しちゃなんないね。あたしが殺してやるから地獄で閻魔《えんま》様に腐れたものを引っこ抜かれな」

赤丹と爺っつあんがまた喉の奥で笑ったが、引導は詰《なじ》られても平然とした顔だ。

「無駄口を叩くな！　さっさと運ばんか！」

万之助が険しい顔でまたぞろわめくのへ、辻斬が満面の笑みで言った。

「楽しみですなあ、荒井万之助殿。ともに新政府軍の兵を殺して殺して殺しまくり、屍山血河《しざんけつが》を築いて我らの猛勇を世に知らしめましょう」

大八車を引きながら滝のような汗をかき、熱い息を吐いて舌なめずりする辻斬に、万之助が今度こそ絶句して先導に徹した。

日が中天に差しかかった頃、ようやく彼らは目的地に辿り着いた。前方には見るからに古い門が開け放しになっているのが見え、後方には新発田《しばた》城からその西の浜と海、さらにその南の新潟湊《みなと》どころか、沖の佐渡島《さどがしま》、粟島《あわしま》まで望むことができた。

誰もが汗まみれになって門をくぐり、政と辻斬が、大八車の引き手を放り出すようにして地に落とし、周囲を見回した。

風雨にさらされた、屋根も壁も褪《あ》せた屋形、厩舎《きゅうしゃ》、物置小屋、櫓《やぐら》といった建造物を、そこかしこが傾《かし》いだ柵が囲んでいる。自分たちがいるのが三ノ丸か二ノ丸か、はたまたそういった区別すらない小砦なのかも入ったばかりでわからなかったが、何もかもが恐ろしく老朽化していることは明らかだった。

「ここが本丸か？」

爺っつあんが侍たちへ尋ねた。兵士郎も総七も答えられず、万之助を見た。

「あそこにあったが、だいぶ前に地震で崩れたまま捨て置かれた」

万之助が、木々が生い茂る小高い場所を指さした。建物があった痕跡は見て取れず、石積みの階段が途中で土砂に埋もれていた。

「これは死んだな」

爺っつあんが、崩れ果てたものを見上げて言った。

「今、なんと？」

引導が目を剝《む》いて爺っつあんの顔を覗き込んだ。

爺っつあんは答えず、代わりに赤丹が周囲を見やってその言葉を言い直した。

「こりゃあ、全員ここで死ぬことになりそうだ」

山頂に特有の澄んだ静けさの中、政や他の入牢人が返す言葉もなく黙り込んだ。

「万之助殿、早速だが、普請の指示をしてください」

兵士郎が、赤丹と爺っつあんの言葉を聞かなかったふりをして言った。

「ああ、うむ。まずはあちら側の門の様子を見てみよう」

万之助が砦の奥へと歩み出した。

「少々古びてはいるが、手を入れれば強固な守りとなろう」

辻斬が、気を取り直して両手を叩き、万之助の後を追った。政や残りの面々も、兵士郎と総七に手振りで促され、のろのろとした足取りでついていった。

ふざけやがって。政は込み上げる怒りを慎重に抑えた。これは牢屋敷で首を斬られる次に最悪の事態だった。どうにかして逃げなければと考えていることを誰にも悟られないよう表情を消し、注意深く辺りを観察した。生きておさだに詫びたいという思いが胸の中で膨れ上がった。そのためなら何でもやってやる気だった。

ときに慶応四年七月二十二日のことであった。

二

「せめてどこで何をするのか教えてくださらねば妻として立つ瀬がありません」

加奈《かな》が、腹立ちもあらわに夫の数馬を堂々と詰問していた。数馬が、内匠の命で一刻も早く出発しなければならないと言っても、加奈は容易に放そうとしなかった。

「いつ帰れるかわからないなどと言われては黙っていられません。何があったのです？　こんなにも急に何を命じられたのですか？」

その口調から、ただ腹を立てているのではなく、数馬の身を案じて強い不安を抱いていることが窺えた。

「父とあなたが揃って口をつぐむのですから、よほど重大で危うい務めなのでしょう。そうであるなら、私も母も、万一に備えて覚悟したうえ、あなたの無事を祈願すべきときに、夫がどこへ出立するかもわからないなんて聞いたことがありません」

「今の世は、聞いたことがないことばかりなのだ。わかってくれ」

数馬が苦しげに弁明した。

「昨夜、城外の牢に赴き、そこに今朝までいたと聞きました」

「なんと？　誰から聞いた？」

「それは、家人や奉公人たちがそのように話していたのを聞いたのです」

加奈が妙に遠回しに言った。その者たちが数馬に叱られることを避けたいのだ。数馬にそうした考えはなく、密計を行う難しさを思い知って心の中で呻《うめ》いていた。

「戦に備えて、砦を普請せねばならないが、人手が足らず、やむなく入牢人《じゅろうにん》を使うことになったのだ。藩として不名誉なことゆえ決して口外してはならん」

数馬は、とうとう折れて口を割ったようにみせて言った。密計の中身を直正《なおまさ》に話せるわけがなく、妻をも欺《あざむ》かねばならない心苦しさに耐えてのことだった。

「砦とは、どこのですか？」

「ほうぼうだ。長らく朽ちるがままにさせていたものが多く、普請役に聞かねば、どこに人手を回せば良いかもわからん。また、米沢藩に知られれば口出しされるだけでなく、自分たちが接収すると言い出すだろう。だから秘しているのだ」

我ながら意外なほどすらすらと嘘をついた。そんな自分が嫌でたまらなかった。

「御城に居座る米沢の人々から疑われれば、藩が危ういことは私も承知しています」

なのにどうして信用してくれないのだと言いたげだが、その口調はだいぶ和らいでいた。ただちに危難に遭う務めではないと納得してくれたのだろう、と数馬は安堵した。これ以上の嘘を並べ立てることに、そろそろ耐えられなくなってきていた。

「わかりました。家族総出でお見送りすることがかなわないのは残念ですが、無事のお帰りとご武運を祈っています」

「ありがたいことだ。では行ってくる」

数馬は言った。やっと解放されることに気を取られ、加奈の言葉を聞き流していた。加奈もしいて指摘せず、数馬が慌ただしく部屋を去ると、自分は下女を呼び、

「茂助《もすけ》を庭に来させなさい」

と命じて、縁側に出て待った。

やがて現れたのは、皺《しわ》だらけの顔に頬被《ほおかぶ》りをした、粗末な身なりの馬丁である。長く溝口《みぞぐち》家に雇われており、寡黙で義理堅いと評判で、父母から信頼されている男だ。加奈も、馬で移動するときは、決まってこの茂助にくつわを取らせた。茂助はただの雇われ人ではなく、この家に仕えてくれているというのが加奈の認識で、内密に頼み事ができる数少ない相手なのだった。

「夫が今から出立します。どこかの砦に行くのだとか。昨夜のように行き先を調べてくれますか？」

「へえ、ただちに」

茂助は即座に応じ、きびすを返した。足早に屋敷を出て、二ノ丸にある御厩《みまや》の馬場で待つうち、ほどなくして数馬が現れた。笠《かさ》をかぶり、手甲《てっこう》と脚絆《きゃはん》をつけ、行李を背負った旅装である。数馬はすぐに馬に乗って二ノ丸から出ていった。

茂助は顔見知りの厩番士に声をかけ、今しがた溝口家の婿殿が馬で出かけたようだが、くつわを取る用事はあるかと訊いた。侍が出先で馬を乗り替えた場合、預けられた馬を、馬丁が御城まで戻すのだ。

厩番士は、それには及ばない、安田塁《やすだとりで》に詰めている農兵隊がやってくれる、と言った。安田塁とは、かつて前田利家《まえだとしいえ》が建てさせた安田城のことだ。長らく放置されて廃城となっていたのを、藩が農兵隊に与えて詰め所として再利用させているのだった。

茂助はわかったと言って、その足で安田塁までの五里（約二十キロメートル）ほどの距離を歩いていった。年はとっても足腰はまだまだ壮健で、昼前には到着した。

番所に詰める農兵隊の一人に、溝口家の婿殿が乗っていた馬のくつわを取りに来たと告げると、相手は申し訳なさそうに、馬は入れ違いで仲間が城へ連れていったと言った。茂助は承知のうえで、婿殿が乗り替えた馬のほうはどうするのかと訊いた。

驚いたことに、馬に乗らず自分の足で五頭山に入ったのだと相手は答えた。なんでも山のどこかに古い砦があって、その普請のため、すでに十二、三人が大八車に荷を積んで山に入ったそうだから、きっとその後を追っていったのだろうとのことだ。

馬が入れないような険峻《けんしゅん》な場所へ向かったか、場所が周知されるのを恐れて馬丁や厩番など人手を要する馬を使わなかったのだ。いずれにせよ数馬は五頭山にいる。できればもっと詳しく聞きたかったが、あまりしつこくしては怪しまれるので大人しく去った。

茂助は、また五里の道を難なく歩き通して城下町に戻ると、すぐに本丸へは向かわず、城の大手町口の東にある寺町へ行って、寺の一つを訪れた。

「長門守《ながとのかみ》様に、馬のことで呼ばれてきました」

茂助はそう告げて房舎の一つへ入り、そこで寝起きしている者への目通りを願った。対応したのは僧ではなく侍である。それも米沢藩兵だった。

許されて奥の部屋の廊下に座ると、開いた戸の向こうから男が声をかけてきた。

「内匠《たくみ》になんぞ動きがあったか？」

男は、米沢藩家老にして総督たる色部《いろべ》〝長門守〟久長《ひさなが》である。城下の寺を一方的に接収して拠点とし、新発田藩の藩主と家老衆一族に睨みを利かせていた。それだけでなく、こうして家老衆に近い人間を手なずけ、間者として使ってもいるのだった。

「内匠様の婿様である入江《いりえ》数馬様が、十二、三人と一緒に、五頭山に登りました」

「五頭山？　何のためだ？」

「古い砦の普請だそうです。場所はわかりません」

「普請……ずいぶんと急だな」

色部が立ち、棚の引き出しを開いて袋を出すと、それを丸ごと廊下へ放った。

「どこの砦を、何に備えて普請しているか、探ってくれ。できるか？」

「へえ、わかりました。きちっとやってみせます」

茂助が恭《うやうや》しく袋を拾い、頭を低くして立ち去った。

色部は立ったまま腕組みし、今しがた得た情報を頭の中で吟味した。色部の使命は、同盟の補給線にとって必要不可欠な新潟湊の警護である。本来であれば新発田藩がその役を果たすべきだが、藩主の直正以下、家老衆全体が戦を嫌がっていることは明らかだった。さんざん脅してようやく第一陣の出兵となったが、第二陣、第三陣となると、相変わらずあれこれ言い訳を述べて拒み続けていた。ただ単に戦が嫌なだけならまだいい。間違っても同盟を裏切って新政府側につくようなことを許してはならなかった。

そのためには今以上の恫喝が必要であり、最も効果的な方法は、藩主の前で家老衆の誰かを血祭りに上げることだ。そう色部は確信していた。

とりわけ、内匠は家老衆たる溝口一族の中でも特に裏工作に長《た》けている。新発田藩領内で頻発する勤王一揆《いっき》の黒幕も、内匠であろうと色部は見ていた。

そのうち内匠に腹を切らせることができれば、藩主も全面的にこちらに従うはずだ。そのために必要な証人を集め、証拠を積み上げる。その娘婿をひそかに捕らえてでも、そうしてやる。

「何を企んでいるか知らんが、好きなだけ企むがいい。一切合切を藩主の鼻面に突きつけ、このわしが貴様を介錯《かいしゃく》してやる」

色部は、文字どおりの血眼《ちまなこ》でそう呟いていた。

三

その砦は、峡谷の断崖の片側に築かれていた。侵略者が、断崖に架けられた吊り橋を渡り、新発田城下一帯へ進むことを阻むための備えだった。

北門を入って左手に本丸の門があったらしいが、今はその奥の階段ともども崩れ果て、本丸だったものは草木が生い茂る小山と化している。また右手には北の櫓があったが、見るからにがたがただった。

その小山のふもとには二ノ丸と屋形があって、現状では砦の中で最も高所に位置している。そこから断崖に向かって左手にある崖上へと進んだところに南の櫓があり、柵が設けられたつづら折りの坂を下りていけば南門とその向こうの三ノ丸がある。

南門はこの砦で最も頑丈に建てられた大きな櫓門で、板敷きの階段を登ってその上の櫓部分に守備兵が並び立つことができた。ただし屋根は崩れて跡形もなく、壁もあちこち欠け、銃眼《じゅうがん》用の窓の柵はあらかた朽ちている。

南門を出たところに、土壁と丸太の柵で囲まれただけの、がらんとした小広場といったおもむきの三ノ丸があり、そのすぐ外は断崖だ。

外門は、断崖に対して垂直に建てられているため、橋を渡った者はまず右折して外門をくぐらねばならず、さらに三ノ丸の中で左折せねば南門を通れない。そしてその間、側面へ攻撃を受け続ける、いわゆる喰違《くいちが》い虎口《こぐち》となっている。

だが、土壁の上に設けられていた柵は崩れ果て、大勢で楯《たて》を構えるのでなければ守備兵も矢弾の雨を防げず、せっかくの虎口も形だけのものといえた。

三ノ丸を出れば目の前は断崖で、下を激しく流れる川や鬱蒼《うっそう》と茂る藪《やぶ》から、少なくとも四十間（約七十三メートル）もの高さがあった。

その断崖に架けられているのが、幅一間（約一・八メートル）、長十二間（約二十二メートル）の長大な吊り橋だ。頑丈な縄と材木で作られたうえに、葛《くず》を植えて巻きつかせた葛橋だった。太い葛の蔓《かずら》を、いたる所に巻きつかせて補強することで、風雨に強く、かなりの重量の荷にも耐える橋としているのである。

つまるところ、防御の要というより、どうにか役に立つのは南門とそれに連なる土壁や丸太の柵だけだったが、少し手入れをすれば立派な防壁となる、などと万之助は断言し、入牢人たちに縄締めと杭打ちをさせていた。

だがその他は、まったくのぼろだった。崩れた本丸を建て直すなど不可能で、二ノ丸にある平屋根の屋形を拠点とするしかない。そちらも窓の戸板は腐り、壁の漆喰《しっくい》は割れて穴だらけで、天井はきっと雨漏りがするだろうが、直す余裕とてなく、せいぜい板敷きの床や竈《かまど》に積もった埃《ほこり》を払うくらいしかなかった。

南北に一つずつある櫓も修繕が必要で、割れた板の上に新たな板を置いて釘を打ち、ぐらつく梯子《はしご》を縄締めして補強したが、それでも大勢がいっぺんに登ればその重みだけで崩れるのではと思われるほど頼りない。

しかも、北の櫓からは新発田城を遠くに望むことができる代わり、そのすぐ下には、積まれた石や雑な作りの卒塔婆《そとば》が並んでいる。かつてここで死んだ者たちを埋めたのだ。弔《とむら》ったというにはあまりにいい加減で、埋めたという言い方がしっくりくる。墓場の体裁を取り繕っただけの、屍《しかばね》の捨て場所だった。

進んで北の櫓を修繕していた政は、視界に墓場が入るたびにぞっとさせられた。あんな場所に埋められ、土の中で名前も知らない連中の骨と混ざって朽ちるなど御免だった。必死に四方を観察したが、おかげでこの砦がどれほど脆弱《ぜいじゃく》であるかを目の当たりにさせられていた。

どうしようもないのは、南門の内側にある二ノ丸の防備だ。つづら折りに傾斜した道と石段をのぼって二ノ丸に上がるのだが、柵は崩れがちで、一部は薪にするくらいしか用途がなかった。南門を突破されたが最後、寄せ手は屋形まで早々に駆け上がり、こちらは殺されるか北門から逃げるかの選択を迫られるだろう。

その屋形の周辺には、厩、物置小屋、蔵、厠《かわや》、井戸があり、いずれも屋根が崩れて風雨に浸食されている。厩には干涸《ひか》らびた草の束と虫食いだらけの飼い葉桶が、物置小屋には錆び果てた普請の道具があるだけだ。蔵では、大きな陶器の碗のようなものが多数積まれ、なぜか土をかぶせられているのがわかったが、役に立つものではなさそうだった。

厠だけは、中に生い茂った草を刈れば、どうにか使えると万之助は言った。

井戸は駄目だった。おろしや、二枚目、三途が、崩れ落ちた屋根を取り除き、新しい縄に桶をつけなおして井戸の底に湧く水を汲《く》もうとした。だが滑車で縄を引いて桶を上げるや、てらてらと光る油膜で覆われた黒っぽい水が現れ、三人を驚愕させた。

「なんだこの水は!?」

おろしやが驚いて桶の中身を井戸の中へ戻した。万之助がその声を聞きつけて来て井戸を覗き込み、悪臭に顔をしかめて言った。

「く、く、くそうずだ。この水は飲めん」

「なんだって？」

三途が、ぽかんとなった。

「毒ですか？」

二枚目が訊くと、万之助がうなずいた。

「毒だ。地面の割れ目から染み出す油のたぐいだ。肌がかぶれるゆえ触れるな」

「油てことは、燃えるんか」

おろしやが、桶の底でぬらぬら光る膜を不思議そうに見つめた。

「そうそう燃えるものではない。さて、これは参った。水をどうにかせねば――」

そこへ、「きゃーっ！」と獣じみた歓声を上げてノロが駆け寄ってきたかと思うと、おろしやから桶を奪い、くんくんと犬のようにその中の臭いを嗅いだ。

「おいっ、ノロ！　さぼるんじゃないよっ！　何してんだい！」

屋形から、埃除けの布で口元を覆った三味線が現れ、箒《ほうき》を振り回して怒鳴った。

ノロは構わず桶を井戸に放つと、くそうずを嬉々《きき》として汲み上げた。

「おい、毒だ！　飲むんじゃない！」

万之助の声を完全に無視して、ノロは桶から縄を外して抱えると、一目散に屋根の抜けた蔵へ駆け込んでいってしまった。

「はあ、あれ、毒なんか」

三途が今さら呟いた。

「あんなの持ってっちまって何に使うんだ？」

おろしやが呆気《あっけ》に取られて言った。

「さあ。かぶれるのですから、漆《うるし》代わりに使えるとか」

二枚目が適当に返した。

「使い道などあるか、気味の悪いやつめ。おい、お前たち、他の者たちを集めよ。今すぐだ。さっさとせんか」

万之助がわめき散らした。三途はしげしげと井戸の中を覗き込むばかりで、おろしやと二枚目が、ほうぼうで普請の務めに汗をかく者たちに声をかけていった。

政も、おろしやに呼ばれて降りようとしたところ、柵の杭を打ち直していた辻斬が通りすがりに櫓の梯子に槌をぶつけて揺らした。

うおっ、と呻いて梯子にしがみつく政を、辻斬がにやにやして見上げた。

「気をつけろよ。戦の前に怪我をしては勿体《もったい》ないぞ」

政は無言で睨みつけた。辻斬は楽しげに笑い、肩をそびやかして歩き去った。

「あいつまだ駕籠屋のこと怨んでんな」

おろしやが、降りてきた政へ、完全に他人事《ひとごと》の調子で言った。

「怨んでるんじゃね。人を殺すのが楽しいんだ」

どちらにせよ政の知ったことではなく、

「馬鹿同士で殺し合ってくれりゃいいさ」

おろしやの呟きに内心で同意したが、顔には出さず、ともに井戸端へ向かった。途中、ノロが何かを大事そうに抱えて駆けてきて楽しげにわめいた。

「あんにゃ、どおおーん！」

蔵の中にあった丸い陶器の一つだった。

「花火でねえぞ馬鹿」

政は相手にせず、懐いた犬のように足下をうろちょろするノロを放っておいた。

「あんた本当にこいつの兄貴でねえのか？」

おろしやが不思議そうに訊いたが、政は阿呆《あほ》らしくて答える気も起こらなかった。

「井戸は使えん。水を汲みに行かねばならん」

集まった面々へ万之助が声高に告げ、赤丹と辻斬がげんなりしたように呻いた。

「仕方あるまい。全員で汲みに行くぞ」

兵士郎が言ったとき、北門から旅装の侍が現れ、井戸端の面々に目を丸くした。

「何をしている？　普請は終わったのか？」

数馬だった。万之助があからさまに安堵の顔になった。

「井戸が使えんゆえ――」

兵士郎が説明しようとするのを、爺っつあんが遮って言った。

「普請より、あの橋を落とすのが先でしょう」

「なんだと？」

数馬が驚いて万之助を見た。

「そんな指示は出しておらんぞ！」

怒鳴る万之助を無視して、爺っつあんが感情のない目で数馬を見つめた。

「橋さえ落とせば、どんな兵が来ようとも数日は足止めできるでしょう」

爺っつあんの言葉に、兵士郎が真っ先にうなずいた。赤丹、引導、おろしや、三途、二枚目、三味線が、言われてみればそうだといったことを口にした。辻斬はそれでは面白くないとぶつぶつ言ったが、効果的であることは認めるという様子だ。無反応だったのは、入牢人の監視に徹して無関心の総七、ぽかんとしているノロ、表情を消している政だった。

実のところ逃げ道はあの橋しかないと政は思っていた。櫓から見渡した限り、城があるほうへ逃げても農兵隊に見つかるだろうし、砦にいる者たちに追われるだけだ。それよりも城側へ逃げたと思わせたうえで、橋を渡って姿を消そうと考えたのだ。その橋を落とされては打つ手がなくなる。政は内心で焦りを覚えたが、意外にも、数馬と万之助が口々に爺っつあんの主張を否定した。

「あの橋は同盟の軍勢が打って出るためにも必要なのだ」

といったことを数馬が言い、

「この兵道を行き来する僧や商人がいるのだ。彼らに迷惑をかけては、寺や大店《おおだな》の支援を受けている農兵隊に差し障りが出る」

などと万之助が付け加えた。兵道の橋を落とせとは内匠から命じられていなかった。新政府軍への弁明が厄介なことになるからだ。確かに橋を落とせば足止めには効果的だろうが、新発田藩へ苦情が来て、修復のための人手を出すよう藩主に直接要請されかねない。

爺っつあんは黙って二人の言い分を聞いており、他の者たちも抗弁はしなかった。

「橋のことなど忘れろ！　さあ、さっさと水を汲みに行け！」

万之助がわめき、爺っつあんが無言で屋形へ歩き出したので、全員が続いた。三味線を除く九人の入牢人たちが、屋形にある水瓶《みずがめ》と桶を全て外に出して二台の大八車に載せ、再び政と辻斬が引いた。万之助が案内し、北門を出て少し下ったところから藪だらけの横道に入り、小さな沢まで一列になって歩いた。

政は藪に紛れて逃げたあと山にこもり、ほとぼりが冷めるのを待つことをちらりと考えたが、これから冬になるのだから到底現実的ではなかった。飢えと寒さで死ぬか、山寺を襲った挙げ句、獣のように狩り出されて終わりだ。

やはりあの橋しかない。沢の水を汲んで水瓶へ注ぎながら政は考えた。だが同時に何かおかしいと感じてもいた。橋を落とせばいいという爺っつあんの提案に、兵士郎ははなから賛同していた様子だった。門の修繕をしながら話し合ったのだろう。なのに、同じ侍である数馬と万之助が突っぱねたことに違和感を覚えた。その理由も釈然としない。そもそもこんな場所を僧や商人が行き来するものだろうか。

「何を隠している？」

政のそばで、だしぬけに爺っつあんが訊いた。政は自分への言葉かと思って、ぎくりと身を強ばらせた。

「どおーん！」

ノロが笑顔で言って、懐から先ほど持っていた陶器の碗を二つ合わせたような玉を取り出した。爺っつあんはそれをしげしげと眺め、

「面白いな」

と呟き、水汲みを続けた。政は、ほっとして周囲に目をやり、誰も自分の企みに気づいた様子はないことを確かめた。

「川が殺したんだ。おれじゃね。川が殺したんだ」

三途は、気づけばまた正気を失ったように目を血走らせ、沢に近づくのを嫌がったが、水の入った桶をおろしやや二枚目から渡されると、素直に水瓶へ中身を注いだ。

「実際、あの蔓橋は見るからに頑丈だ。両側の蔓を残らず切らねばならんから、そう簡単には壊せんだろう。それより橋を渡るやつらを狙い撃ったほうがよさそうだぞ」

辻斬が主張するのへ、赤丹が反論した。

「馬鹿言え。こっちが撃ちまくられて顔も出せんよ。それより向こう半分の橋桁の丸

太と踏み板を外しちまえば、一日は足止めできる。後で元に戻せるし壊すより楽だ」

「ふうむ、なるほど」

「ま、お侍さん方はあの橋が大事らしいから、それもさせてくれんと思うがね」

「若先生は橋落としに賛成していたから、おいおい説得できるだろう」

辻斬が気楽そうに言った。

当の兵士郎は、侍たちの中でただ一人、水汲みに加わっていたが、

「ちょっと、お侍さん。いいだろう？　沢の奥のほうへ行って埃を落とさせてくれよ。あのきったない屋形の中を綺麗にしてやったんだから。埃まみれで痒《かゆ》いったらありゃしない」

三味線がしつこく言い続けるので、とうとう折れてうなずき返した。

「すぐに戻るのだぞ」

「ありがとよ。あとであんたのために一曲やるよ」

兵士郎が苦笑し、三味線を沢の奥へ行かせ、腰を上げかけた総七を手振りで止めた。さらに引導がしれっとした顔で三味線の後を追おうとするので、

「持ち場を離れるな。木暮殿に首を落としてもらうぞ」

兵士郎が脅しつけた。

「手が届くところに女がいるのに、なんという生殺しだ。道理から外れておる」

引導が、ぶつぶつ勝手なことを言い募ったが、全員が無視した。

政はそこで初めて、自分たちを監視している侍が二人だけであることに気づいた。いつの間にか数馬と万之助がいなくなっているのだ。揃って小便でもしに行ったのかわからないが、かといって逃げる好機とは思えなかった。兵士郎と総七に見張られているうえ、辻斬も邪魔するだろう。爺っつあんにまた縛られてはかなわない。

政は表情を消し、機会を待て、しくじれば終わりだと自分に言い聞かせた。

やがて水瓶が満杯になり、他の桶にも汲めるだけ汲んで大八車に載せ終えた。

そのときには藪の奥に姿を消していた数馬と万之助も戻っており、万之助が出発を告げる直前に、さっぱりした顔の三味線が現れて兵士郎を安堵させた。

大八車は引き手を木にかけて地面と平行になるようにしていた。政は、その引き手を力を込めて持ち、引き始めたところへ、三味線がだしぬけに手を重ねてきた。

ぎょっとなる政に、三味線がからから笑うように言った。

「大っきな手だねえ。あたしらの飲み水をしっかり運んでおくれよ。飯はあたしが炊いてやるからさ」

「どけ。邪魔だ」

政が邪険に言った。だが三味線は逆に政へしなだれかかると、

「逃げる気だろ？　あたしとノロも行くよ」

小声でささやいた。顔を強ばらせる政へ、にっこり笑いかけて身を離し、ノロと一緒に大八車の後ろへ移動した。

「抜け駆けはいかん、いかんぞ」

引導が、さも羨ましげに政に言った。

「うるせえ」

政は乱暴に返し、大八車を引き始めた。

四

ひたすら鍋で湯を沸かし、飲み水を作った。沢の水をそのまま飲めば腹を下す心配があった。同時に、運んできた芋と米で、芋粥《いもがゆ》を大量に作って糧食とした。

三途が目をみはって、生で芋を貪《むさぼ》ろうとするのを、おろしやが「死にますよ」と言って止めた。引導が焼酎入りの壺《つぼ》に手を伸ばしたが、爺っつあんが「飲むな。傷を洗うためのものだ」と言って、文字どおり首根っこをつかんで壺から引き離した。

その間に、数馬が赤丹、辻斬、政に命じて、武具と一緒に運んできた旗を南門に立てさせたが、

「なんと!?　あるのは長岡藩と米沢藩の旗だけではないですか！　今すぐ人をやって、我が藩の旗を運ばせるべきでしょう！」

辻斬がわめくので、兵士郎も南門の櫓に上がり、夕陽を受けてはためく二つの旗にぽかんとなった。

「これで良いのだ。今はまだ、我が藩の旗を立ててはならんとのお達しだ」

数馬が言った。赤丹が眉をひそめたが口を開かず、政は旗のことなど何も知らないので黙っていた。

「お達しとは内匠様からか？」

兵士郎が訝《いぶか》しげに訊いた。

「いや、うむ、同盟からだ。我が藩は参戦が遅れたゆえ、序列に逆らえんのだ」

「ならばこそ、ここに新発田藩兵ありと示すべきでしょう！」

語気を荒らげる辻斬の肩を、兵士郎がつかんで制したが、二人とも不快な気分をあらわにしていることは同じだった。

「そこまで我が藩は同盟諸藩から蔑《さげす》まれているのか？」

兵士郎が、怒りのあまり、こめかみをひくつかせて訊いた。

「そういうわけではない。お前たちがここで挙げる武功を横取りする気だと思うなら、それは違う。一日か二日の間だけ、御城で狼煙《のろし》が上がるまで、これらの旗を立てておく」

「狼煙ですかい？」

と赤丹が割り込んだ。

数馬が、兵士郎と辻斬から目を逸《そ》らすため、赤丹へうなずきかけた。

「そうだ。狼煙が上がれば、お前たちの務めも終わる。我が藩の加勢が、同盟の軍とともにここに来る。新発田藩の旗を掲げてだ」

「そんな話は今の今までありませんでしたぜ」

「そうか、てっきり荒井殿が話したものと。いや、私がもっと早く来て話すべきだった。だがそれだけ、お前たちの処遇について念入りに確かめてきたのだ」

「へえ、それはありがてえこって」

赤丹が淡々と返した。政のほうは大して話を聞いていなかった。つい眼下の橋を見つめたくなる自分を抑えることに気を取られていたのだ。逃げてしまえば旗も狼煙も、どうだっていいことだ。

「不満もあろうが、僅かな間だけだ。明日からの務めに力を尽くせ」

数馬が、再び兵士郎と辻斬へ顔を向けて言った。二人とも面白くないような顔でいるが、それ以上は逆らわず、黙って従った。

それから屋形に全員が入り、食事をとった。最初の粥をすくったときには夕暮れだったが、人々が黙々とがっつくうちに暗くなり、万之助が灯りを点けた。

「そうだ、そちらのお侍さんにお約束したものをやっとかないとね」

だしぬけに三味線が言って、行李から細棹《ほそざお》の楽器と撥《ばち》を出した。弦を軽く張り直して撥で弾《はじ》くと、胸に響く良い音がした。

「あたしがやるのは弾きでね、北のほうでやる叩きとは違うが、構わないかい？」

「そうしたことには疎い。好きにしてくれ」

兵士郎が苦笑して言った。本当に三味線が演奏し始めるとは思っていなかったのだ。他の面々も意外そうに楽器を構える三味線を見つめていた。

「お好みの曲もなさそうだから、即興でやろうかね」

三味線が撥を動かした。その一瞬で場がまったく違うものに変じた。重労働をさせられた男たちが、むっつり黙って飯を食っていたときの淀《よど》んだような空気が、楽しげでありながら一抹の哀切をはらむ曲によって、たちまち吹き払われていった。

おろしやや三途が、もろに涙ぐんで洟《はな》をすすった。政は、おさだに聴かせてやれたらと思い、胸の奥を鋭いもので突かれたような痛みを覚えた。

曲調が二度三度と変わり、余韻を残して三味線が楽器を弾き終えた。すっかり満ち足りたようになる男たちへ、三味線が言った。

「歌が得意な御方がいりゃあ都々逸《どどいつ》でもやるんだがねえ。もういっちょう即興でやらせてもらうとしようか」

そこでふいにノロが立って土間へ降り、自分の草鞋に足をつっかけてわめいた。

「あんにゃ！　あんにゃ！」

全員の視線が政に集まった。政が顔をしかめて無視していると、

「厠だ。ついてってやれ」

爺っつあんが、淡々としているくせに有無を言わさぬ迫力を込めて言った。

「うっせえ、わかったから黙れ、くそがき」

政は罵りながらも言われたとおり土間へ降りた。

「あたしも行くよ。そこのけだものが入ってこないよう見張っててもらわないと」

三味線が楽器を置いて立った。

「ふざけんな。なんでおれがやんなきゃなんねんだ」

政はぶつくさ言いながらも、ノロと三味線とともに屋形を出た。四人の侍は誰も見張りに立とうとしなかった。

「あれは、あえてああ言うことで、拙僧を誘っているのだな」

引導が腰を浮かしたが、すぐさま他の男たちから睨まれて大人しく座り直した。

政は外に出るとすぐに草鞋の紐《ひも》を結んだ。そうしながら三味線とノロの巧みなやり口に感心していた。曲を奏《かな》でて全員の気を抜かせただけでなく、楽器を置いてゆくことで、戻ってくるはずと屋形にいる面々に思わせたのだ。

政は、小走りに北門へ行って大きく開け放ち、そこから逃げたようにみせた。屋形から漏れる灯りのおかげでその辺りの足場は容易に見て取ることができたが、きびすを返して南門へ向かうと、たちまち暗闇に呑み込まれた。僅かな星明かりに目が慣れるのを待たず、手探りで柵の位置を確かめ、記憶を頼りにつづら折りの傾斜道を降り、南門に辿り着いた。三味線とノロも、転ばずついてきて政と一緒に閂《かんぬき》を外し、脇に置いて門を開いた。

三人とも外に出てから門を閉ざし、這うようにして手探りしつつ外門を出て橋のたもとに来ると、縄と蔓をつかんで渡り始めた。橋がぎしぎし軋《きし》み、背後では旗が風にはためき、ばたばた音を立てている。どれほど目が慣れようとも足下は暗黒そのもののままだ。虚空を吹き抜ける風の咆哮《ほうこう》と、はるか下方で激しく飛沫《しぶき》を上げる激流の音が迫り、恐ろしいことこの上ない。ノロと三味線が恐怖で動けなくなっても困らないよう政は先頭を進んだのだが、二人とも平然とついてきていた。

こうして首尾良く対岸に着いたが、そこはまったく手入れがされていない藪だらけの場所だった。どこに道があるのかも暗くてわからない。そもそも屋形にいる侍たちが見張りのためについてこなかったのも、夜の険しい山を灯りなしでたやすく移動できるものではないとわかっているからだ。

だが政は、櫓から見た地形の記憶を頼りに藪をかき分けて坂を登り続け、やがて開けた場所に出ていた。目が慣れてきて、星々が見えるところと見えないところの境がだいぶはっきりし、それで周囲の地形を把握することができた。

もう少し登れば坂のてっぺんに出る。その先は砦から見ることができない未知の地形だ。政は何かに足を取られて転ばないよう慎重に坂を登った。藪の中ではぐれるだろうと思っていたノロと三味線は、ここでも政の後についてきていた。

ついに坂を登りきった政は、安堵の息をついたのも束《つか》の間《ま》、想像もしていなかった光景が眼下に広がっていることに呆然《ぼうぜん》と立ち尽くした。

彼らがいる位置から、およそ二里（約七・八キロメートル）ほど先、下り坂をずっと進んだふもとの平地に、何十という数の篝火《かがりび》の明かりが広がっているのだった。

五

「あんにゃ？」

ノロが政の袖を引いた。進まないのかと訊いているらしい。

「農兵ってやつかい？」

三味線が声を低めて訊いた。

「わかんね」

政がぼそっと返し、ノロの手から袖を引き離した。火の数からして三、四百の人間がいるはずだった。一帯の農兵を残らず集結させたか、さもなくば数馬ら侍の敵がいるのだ。

「新政府軍だな」

乾いた木枯らしのような声が、すぐ背後からかけられた。政たちは三人とも驚くあまり、つんのめって這うようにしながら声から遠ざかろうとした。

「おいおい、坂道を転げてっちまうぞ」

面白がるような別の声が続いた。赤丹だった。最初の声は爺っつあんのものだ。

「おめたち、なんでここに？」

政は片膝をつき、背後に回した手で大ぶりな石を探り当てて握った。爺っつあんが襲いかかってきたらそれで殴り殺す気だった。

だが爺っつあんにその様子はなく、赤丹がやれやれと呟いて腰を下ろした。

「駕籠屋が逃げる気なのは見え見えだったからな。お前一人じゃ無理だったろうが、三味線とノロが一緒になって上手く逃げたもんだから、こいつは行けると踏んで、おれたちも抜け出したわけだ。ま、一度に五人もいなくなりゃ、侍たちも気づくわな。今頃かんかんに怒って追ってきてるだろうよ」

「おめたちも逃げる気だったんか？」

「逃げられるのなら」

爺っつあんが呟くように言った。

「なんでおれがこっち側へ逃げるってわかった？」

「他にねえだろうが。北へ行っても捕まるだけだが、南のこっちもたいがいだ」

赤丹が立ち、爺っつあんを振り返った。

「さて、どうすっかねえ。噂じゃ、新政府軍には情け容赦ってもんがないらしい。平気で病院を焼いて怪我人も病人も殺すし、子どもでも首を刎《は》ね、女は犯してから殺すってな」

「湊じゃ、同盟がそういうひどいことをするって、ご維新連中が言ってたけどね」

三味線が口を挟んだ。赤丹は肩をすくめて聞き流し、爺っつあんに訊いた。

「話半分だとして、おれたちを見逃してくれると思うかい？」

「あちらに得があれば、そうするかもしれない」

「砦にいる人数を教えて、手引きするってのは？」

「砦に戻れと言われるだろう。内側から門を開かせるために」

「戻れば首がなくなるがね」

「では、砦にいる侍たちをここで待ち伏せ、彼らの首を土産にして降《くだ》るか」

爺っつあんが、こともなげに言って、政と三味線をぎょっとさせた。

「本気でやんのか？」

「お前が背後に握っているもので何人殺せるかによる」

この暗がりで、どうしてか石を握っていることまで見抜かれた。政はぶすっとして

立ち上がった。

「おれはなんも持たずに七人殺《や》ったぞ」

「あたしとノロは三人だよ」

三味線が競うように言った。ノロが「どおーん」と言って、指を三本立てた。

赤丹が溜め息をついた。

「こっちは逃げるのに手一杯で、ドスの一本も持ち出せなかったんだぜ。追ってくんのは侍四人に、辻斬だな。おろしやと三途は来ても、ぼさっと突っ立ってるだけだろう。だが、引導と二枚目はわからんな」

「わからんて？」

政が訊いた。

「引導は、女を犯していいと言われりゃ何でもやる。自称、僧兵様だそうだから、刀や槍をちっとは使うだろう。二枚目のほうは、ありゃあ何かを隠してるってつらだ」

「何かって？」

「知らんよ。牢の中のおれたちを見張る役だったとしても驚かんな」

三味線が眉をひそめた。

「あの色男、侍たちの手下だったわけかい？」

「さて、どうだかな。そう言うお前は、なんで駕籠屋と逃げることにした？」

「ノロがこの兄さんに懐いちまったからさ」

「あんにゃー」

ノロが嬉しげに声を上げ、政を辟易《へきえき》させた。

「てっきりお前さんは、お侍の言うことを信じ込んでんだと思ってたぜ」

「そりゃ、信じたかったさ。でも、結局——」

しっ、と爺っつあんが鋭く遮り、身を低めてささやいた。

「あちらの斥候が来る。隠れろ」

篝火が焚《た》かれている方角から、小さな火がいくつか揺れながら近づいてくるのが見えた。松明《たいまつ》を持った者たちが、こちらに向かって坂を登っているのだ。

爺っつあんが、暗闇の中でもするすると滑《なめ》らかに動き、岩陰に身を潜めた。赤丹がそのあとに続いた。政は、咄嗟《とっさ》にどこに隠れればいいかわからず、二人の後を追い、ノロと三味線も同様にしたため、五人ひとかたまりになって隠れることとなった。

松明を持った者たちの足音とぼそぼそとした話し声が迫るにつれ、さらには砦のある北側からも藪を乱暴に払う音が近づいてきた。藪越しに松明の明かりが三つ四つ揺れており、

「見つけ次第に叩き斬ってよろしいな」

辻斬のだみ声が聞こえ、さっそく数馬たちが追ってきたと知れた。藪から現れたの

は、数馬、兵士郎、総七、辻斬、引導だった。どうやら万之助は追捕に参加せず、砦にとどまり、おろしや、三途、二枚目を見張っているのだろう。

他方で、胴丸をまとって鉢巻きを締めた四人の斥候が、坂をのぼりきったところで数馬たちと正面から鉢合わせをした。

「そこを動くな！　逆らえばこの場で斬る！」

数馬が、松明を掲げて威嚇《いかく》した。政たちと勘違いしたのだ。辻斬は刀を、引導は槍を与えられており、二人の殺気立った顔を赤々と火が照らしていた。

「何だと⁉　待て、新発田藩の兵か⁉」

斥候たちが仰天し、松明を持たないほうの手を突き出して制止した。

「しまった、入牢人たちではない。みな下がれ――」

数馬が他の面々へ手を振ったが、兵士郎が無視して前へ出ると、敢然《かんぜん》と告げた。

「いかにも、新発田藩藩士、鷲尾《わしお》兵士郎である！　そちらは何者か！」

斥候たちが困惑したように顔を見合わせ、一人が言った。

「新発田藩がなぜこんなところにいる？」

「藩領に藩士がいて何がおかしい！」

兵士郎が怒鳴ったが、斥候たちは傲然とした態度で聞き流している。

「誰何《すいか》は無用。うるさいやつだな。我らは東山道先鋒総督府軍、岩村《いわむら》軍監殿麾下《きか》の兵である。新発田藩は、錦旗に逆らわず恭順すると聞いておる。この忌々しい山を越え、米沢藩が陣取る新潟湊へ向かうゆえ道案内がほしい。お前たち、明日の夜明け頃に本陣に来い」

さすがの数馬も、相手の無礼さに目をみはり、藩の恭順のことを兵士郎たちに聞かせてはならないという思案さえ忘れた。居丈高にすれば誰でも屈服するはずと末端の兵までもが信じているのだ。岩村軍監とやらの態度に、兵が揃って同調していることが窺えた。

「どうした。さっさと答えんか」

そう尋ねた別の斥候の顔面に、辻斬がものも言わず松明を投げつけた。ぎゃあっ、と悲鳴を上げるそいつを、即座に抜刀した辻斬が、問答無用で袈裟《けさ》斬りにした。そいつは胴丸を身につけていたため肩を割られただけで即死には至らなかったが、豪剣の衝撃でくずおれ、動けなくなった。

唖然《あぜん》となる斥候たちへ、兵士郎、総七、引導が次々に松明を投げ、襲いかかった。

激しく火の粉が舞い上がる中、一人が兵士郎に組み付かれて地に倒され、脇差しで首をかき切られて血を噴出させた。一人は総七が抜いた太刀で、松明を持つ手を斬り飛ばされ、ついで首を刎ねられた。

道案内を命じた一人は、投げられた松明をかわし、逆に自分の松明を引導に投げつけて牽制《けんせい》すると、背を向けて逃げた。その背を引導の槍に切り裂かれ、岩陰に転がり込んだところで、そこに潜んでいた政たち五人に出くわした。

政は、必死の形相のそいつと間近に目を合わせ、反射的に石を握る手を振り上げ、そいつが慌てて刀に手をかけると同時に、思い切り振り下ろした。そいつは頭蓋を砕かれ、目と鼻と耳から血を噴き出して即死した。そこへ遅れて現れた引導が、政たち五人がうずくまっていることに驚き、「うおっ⁉」と叫んで跳びすさった。

政は石を握る手に力を込め、跳びかかって引導も殺そうとしたが、爺っつあんに両肩をつかまれた。どうしたことかそれだけで政はまったく動けなくなった。

「槍を構えるな、引導。我々は、敵陣を探りに出ただけだ」

爺っつあんが堂々と大嘘を口にした。

「な、なんと？」

引導が目を白黒させた。赤丹も立ち、ほうぼうに転がる松明の明かりの中へ歩み出て、爺っつあんと調子を合わせて言った。

「嘘じゃねえ。斥候の火が見えたんで、おれたちが敵陣を探ってたのさ。ついでに斥候をおびき寄せて始末しようとしていたところへ、お前たちが来たってわけだ。坂を最後まで登ってみな。敵陣がようく見えるぜ」

数馬、兵士郎、総七、辻斬にも聞こえるような大声だった。果たして四人が慌てた足取りで岩陰に回り込んできて、そこにいる五人と対峙《たいじ》した。

「下らん言い訳を。脱走は死罪と決まっているぞ」

辻斬が血で濡れた刀を赤丹へ突きつけたが、兵士郎がいち早く刀を納めて言った。

「敵陣とやらを確認しよう。刀をしまえ、五右衛門《ごえもん》」

辻斬が呆れ顔になって何かを言おうとしたが、総七が遮った。

「いつ貴様がおれの代役になった？　余計な真似をいたすと貴様の首から落とすぞ」

総七に凄《すご》まれ、辻斬が渋々と刀を袖で拭い、鞘《さや》に納めた。

「うむ。処罰は後だ。敵陣は近いのか？」

数馬が訊いた。自分だけ刀を抜いていないせいか居心地が悪そうな様子だ。

赤丹が答えようとしたが、倒れた者たちの一人が身を起こすのを見てわめいた。

「おい、逃げるぞ！」

辻斬に斬られて倒れていた斥候が、やっと衝撃から回復し、よろめきながら懸命に来た道を戻っていった。

「馬鹿！　とどめを刺しておかんか！」

引導が声高に非難した。

「うるさい！　脱走者どもに気を取られたのだから仕方なかろう！」

辻斬が怒ってわめき返した。

「私が追う！　お前たちはここで待て！」

数馬が松明を手に駆け、血まみれの斥候を追って、ともに坂の向こう側へ消えた。

兵士郎が命令を無視して追ったが、坂のてっぺんに立ったところで、篝火の群を見て凝然《ぎょうぜん》と立ち尽くした。残りの面々も兵士郎の周囲に来て坂の下の光景を望んだ。

「どうです？　相手に不足はねえって感じでしょう」

赤丹が、皮肉っぽく言った。

「確かに不足はない」

辻斬が、ぶるっと身を震わせ、両手で頰をぴしゃりと叩いた。

「援軍が来るまで、あれを相手にするわけだな」

総七がそう言って目を閉じ、ふーっと腹から息を吐いて気を静めた。

「こうなれば、肚《はら》を据えて務めに尽くすほかない」

兵士郎が、共感を求めるように政たちへ言ったが、誰も応じなかった。

ほどなくして数馬が松明を掲げて戻ってきた。

「始末した。すぐに砦に戻れ。やつらは明日にも攻めてくる」

全員が従った。政は名も知らぬ男の血がついた石をまだ握っていた。赤丹と爺っつあんが、今だと叫んで侍たちにつかみかかることを期待したが、二人ともすっかり大人しくなっていた。藪だらけの坂を下りて吊り橋の前まで来ると、政は諦めて石を断崖の向こうへ放った。石は暗黒を落ちてゆき、はるか下の激流に呑まれて消えた。

六

具足姿の若い男が床几《しょうぎ》に座り、台から漬物を箸で取って口に入れた。だがすぐに顔を歪め、ぺっと手に出し、焚き火の中へ放り込んだ。

「泥くさい」

若い男は不快そうにつぶやき、酒で口をすすいだ。

「岩村軍監の上等な舌には合わんか。おれも兵どもも喜んで食っているというのに」

別の男が、おかしそうに言った。

「このようなものを食っていると、舌が粗末になる。酒を注がせる女も見つけられんときては、どう英気を養えばいいやら」

先鋒総督府の軍監、岩村精一郎《せいいちろう》が、尊大に言った。

数えで二十四歳。眉目の整った涼やかな美青年といってよく、理智の雰囲気を漂わせる一方で、血気も盛んだった。その若さで東山道軍の総督となったのも、それだけ人材が不足していたから、とは精一郎自身は思っていない。

確かに、土佐《とさ》藩士として陸援隊に入ったのは、隊を組織した中岡慎太郎《なかおかしんたろう》は盟友の坂本龍馬《さかもとりようま》ともどもすでに暗殺されたあとだ。他の名だたる藩士たちも次々に倒れていった。といって誰でも総督になれるはずがない。自分がそうなれたのは、ひとえに決して臆することなく勇猛果敢であり続けたからだと精一郎は信じていた。

とりわけ京では、考えうる限り最大の働きをしてのけた。偽勅《ぎちよく》を盾に、土佐藩の制止を振り切って高野山《こうやさん》にのぼり、挙兵を敢行した結果、徳川御三家の一角たる紀伊《きい》藩を恭順させることに成功したのだ。以来、臆して自分を止めようとする者たちを精一郎は心から軽蔑してきた。我が向かうところに勝利ありと確信する者だけが、錦旗を押し立てるにふさわしい将なのだと主張し、退くことがなかった。

「今は諦めろ。新潟湊を落とせば、美食にありつけるだろう」

相手の男が笑って言った。こちらは参謀にして長州藩奇兵隊隊長の杉山荘一郎《すぎやまそういちろう》である。藩は違えど、東山道先鋒総督府軍に属する者として、ここまで歩みをともにしてきた。外見も性格も質実剛健で、精一郎とは実に対照的だが、かえって二人ともうまが合った。気づけば腹心同士と言っていいほど互いを信頼するようになっていた。

精一郎の傲岸な態度も、荘一郎の目には、物事を押し通すうえで必要なものと映った。諸藩の家老どもときたら、時勢が読めずに右往左往した挙げ句、現状維持のための時間稼ぎを弄《ろう》する者たちばかりで、誰かが強気になって恭順させねばどうしようもないのだ。その点、精一郎の強硬な姿勢は、相手に銃を突きつけて従わせるのと同じ効果があった。

「また山縣狂介《やまがたきょうすけ》などに嫌がらせをされんよう、完膚なきまでに制圧せねばならん」

精一郎が言った。秀麗な顔が歪み、屈辱で頬が紅潮していた。

狂介は、北陸道鎮撫《ちんぶ》総督軍および会津征討総督軍の参謀である。

その北越鎮定の軍議に、わざわざ東山道総督府軍である精一郎も参加してやった。小千谷《おぢや》の寺では長岡藩の家老との会談を務めた。相手の家老が嘆願書などを出し、またぞろ時間稼ぎをしようとするのを一蹴した。結果、長岡藩が恭順を示さず、あろうことか同盟側へついたのは、断じて自分のせいではない。

ただ長岡藩は小藩のくせに外国製の武器を大量に買い入れており、新政府側が軍を置いていた峠を逆に攻めて陣取るなどしたため、城を落とすのはひと苦労だった。

そもそも軍議で、長岡城は本隊ではなく支隊に任せると決まっていたのだ。苦労するに決まっている。狂介が留守の間に前線で指揮官が死んだのも、こっちの責任ではない。

なのに、あるとき精一郎が、できる限りの美食を揃え、ようやく酒を注がせるのにふさわしい女を見つけて侍《はべ》らせていたところへ、突如として狂介が踏み入ったかと思うと、せっかくの膳を土足で蹴飛ばしたのだった。

「無用な戦を起こしおって、この阿呆《あほう》！」

狂介から、お門違いの罵声《ばせい》を浴びせられ、精一郎は呆気に取られるばかりだった。

だが狂介はお構いなしに、長岡藩の家老は本気で会津との仲介を担う気だったとか、そこらの耄碌《もうろく》した家老とは違って話が通じたはずだとか、お前のせいで無駄な戦をしなければならなくなったとか、実際に会談したわけでもないくせに一方的にわめき散らした。

精一郎は、顔中に飛び散った米や汁を拭うこともできず、ただ女の前で屈辱に耐えるしかない。しかも狂介は好きなだけ罵ると、精一郎の反論も聞かずに立ち去った。

狂介は三十一歳。同じく本隊を任されている黒田了助《くろだりようすけ》は二十九歳。若輩の精一郎は、たとえ生まれて初めてといっていいほどの理不尽な仕打ちをされても、されるがままだ。そのときのことを思うと、今でも憤怒《ふんぬ》のあまり叫びたくなる。

長岡城を陥落させるまで、かなりの損害が出たが、精一郎は、もし自分の配下の兵だけで落としていたらと思わずにはいられない。やろうと思えばやれたはずだと信じていた。

北陸道側の参謀たちに遠慮していたから、みすみす手柄を取られたのだ。おかげで狂介のような野蛮で粗暴な男に、大きな顔をさせることになった。

何としても見返す必要がある。そのために新潟湊を自分たちで落とすのだ。勇猛にも戦端を開く者こそが、錦旗を勝利で飾れるのだと証明せねば気が済まなかった。

「あいつの粗末な膳を、おれが蹴飛ばしてやる」

精一郎がそう言って、皿の上の漬物をひとつまみ乱暴に焚き火へ投げ込んだとき、兵が幔幕《まんまく》の中に駆け込んで来た。

「斥候三人が殺され、一人が傷を負って戻りました」

精一郎と荘一郎が、同時に立ち上がった。

「どこのどいつのしわざだ？　ここいらの農兵崩れか？」

荘一郎が、怒気もあらわに訊いた。

「一人は、新発田藩の藩士で自分から名乗ったそうです。ただ、逃げ延びた者を、途中まで追いかけてきた相手は、長岡藩主の家臣だと告げたとか」

「長岡藩？」

精一郎が、荘一郎と顔を見合わせた。長岡藩主は城が落ちるとともに会津藩へ逃れている。家臣の一部が従わず、転戦を求めてこちらへ流れてきたのだろうか。

「詳しく聞こう。まだ生きているな？」

はい、と答える兵に案内させ、精一郎は信頼すべき参謀とともに幔幕を出た。

七

早朝、清涼の気が満ちる砂利敷きの庭に、血臭が濃く漂っていた。

牢屋敷の処刑場である。

手縄をかけられ、一本の首縄でつながれた十の男女の入牢人が、横一列に並んでひざまずかされている。いずれも、棒のように痩せ、やつれはて、髪はごっそり抜け落ち、視線は宙を漂うばかりで正気を失っていることが傍目《はため》にも明らかだった。

いったいどれほど過酷な拷問を加えたのかと、朝一番に呼び出された色部は、戦慄を禁じ得なかった。

しかも入牢人の斬首を務めるのは周囲の牢役人ではなく、内匠その人であった。すでに半数が首を落とされ、一人斬るたび、牢役人が刀を桶の水で綺麗にすすいだが、かえってそのせいで血が地面に広がって臭いが濃く漂った。

「この者、勤王一揆に加担したる罪を自白し、お裁きによって死罪と定むるなり」

牢役人が宣告し、内匠が気合いの声を上げて刀を振り下ろす。延々とその繰り返しだった。ひたすら斬首の光景を見せつけられて喜ぶのは異常者だけだ。色部は吐き気を覚えるほど不快だったが、黙って臨席するしかなかった。

何しろ、勤王一揆を取り締まれ、首謀者を裁くか引き渡せ、と強硬に要請したのは色部自身なのである。内匠からすれば、その要請に応じたまでだった。

これまで色部が主張してきたことを、内匠をはじめ新発田藩家老衆と藩主は、粛々と受け入れてきた。どれも、挑発か恐喝めいた要請ばかりだ。米沢藩も会津藩も、新発田藩を試すため、たびたび糧食を供出させ、資金を提供させ、激派の徒党の面倒を押しつけてきた。そうしてついには出兵にも応じ、見附《みつけ》の地で戦闘に従事させている。

色部はそれでも、「勤王一揆が再燃しないと約束できない限り、この城を守る必要がある」と理由をつけて新発田城下に居座っていたが、その理由も失われた。内匠が今見せているのは、「米沢藩の要請で、新発田藩が領民を殺している」光景だった。

米沢藩藩主の上杉斉憲《うえすぎなりのり》が、このことを耳にすれば顔をしかめるだろう。内匠は、間接的に色部の評価を下げる手に出たわけだ。そのために入牢人を斬る内匠の覚悟も相当だった。家老が首切り役を担ったと聞けば、新発田藩藩主の直正のほうも嫌忌《けんき》を覚えるだろう。

しかも内匠は、今の十人で終わりだとは言っていない。色部が望むなら、また別の十人を連れてきて目の前で首を落とし続けてやると無言で告げていた。それらの入牢人が本当に一揆に加担したのか、色部には知るすべとてない。

押しすぎたか。

色部はおのれの失策を悟った。当てつけに領民を殺すところまで内匠を追い込んでしまった。事態がこじれれば、内匠は矜恃のためだけに城下で色部の兵と衝突を起こしかねない。内匠のやり方は、まさに窮鼠《きゆうそ》の姿勢を示すものだった。

城下にとどまれるのも、あと一日か二日が限界だろう。それまでに内匠が企んでいるはずの何かをつかまねばならない。

現在、城下とその周辺で間者働きに応じる者は複数いたが、手応えがある報《しら》せを持ってくるのは、内匠の家に雇われている馬丁だけだった。

馬丁は昨夜のうちに、一ノ峰に古砦があることを古参の厩番から聞き出し、報せに来ていた。そこに内匠の婿がいるに違いない。だがそこで何をしているかを馬丁に探らせるのは危険だった。馬丁が捕まって間者であることを吐けば、それこそ失策どころではない。米沢藩の家老は同盟諸藩に間者を配している、などと新発田藩から非難されれば、色部がおのれの主君の怒りを買う。即刻、新潟湊に兵を戻せと命じられるだけでなく、総督の地位も剝奪《はくだつ》されるかもしれない。

上手く内匠の娘を使い、色部の婿に企みを喋らせる。それしかなかった。色部はその思案に集中することで、総身が血《ち》腥《なまぐさ》くなるような処刑の光景に耐えた。ようやく最後の一人が首を落とされると、

「果断なる処罰、敬服いたす」

それだけを言って、早々に牢屋敷を後にした。

色部がいなくなるや否や、内匠がただちに返り血を浴びた着衣を脱ぎ捨て、牢役人が差し出す布で口元を覆った。

「これで手をお浄《きよ》めください。風呂も用意しています」

牢役人が、水を張った桶を持ってきて言った。

「骸《むくろ》を焼いてのち、お前たちも身を浄めよ。コロリに罹《かか》った者は、牢にどれほどいる？」

内匠が屈《かが》んで手についた血を落としながら訊いた。

「あと四十人はいます」

「これと同じく、逆らう気力のない者を十人、選んでおけ。篝火の用意もせよ。夕べにまた色部を呼び、処刑を見物させる。城を出ると言い出すまで、斬り続ける」

第三章　花火

一

政《まさ》は、これ以上ないというほど最悪の気分で朝を迎えていた。眠りも足りていない。昨夜、砦に戻って屋形に入るなり、当然のようにひと悶着《もんちゃく》あったからだ。

脱走者は斬るべしと万之助《まんのすけ》と辻斬《つじぎり》が言って聞かず、その前に三味線《しゃみせん》を抱かせろと引導《いんどう》がわめき続けた。赤丹《あかに》と爺《じ》っつあんが、南門の向こうで斥候の火が見えたから急いで調べに行ったのだとしらを切り通し、政も話を合わせた。三味線はもっぱら引導を罵ることで話を逸らし、ノロはしじゅうへらへら笑っていた。

おろしや、二枚目、三途《さんず》、総七《そうしち》は、話が決まるまでだんまりを決め込んでいたが、どうにかして脱走を不問に付したい数馬《かずま》と兵士郎《へいしろう》に同意している様子だった。五人も人手を減らせば、あらゆる面で支障をきたすからだ。十人足らずでは見張りの交代もろくにできず、いざ攻められたとき、南門を守ることなど到底無理だろう。

「私に策がある。この策が上手くいけば、明日一日はきっとここを守れる。だがその策には、この者たちが必要なのだ」

兵士郎が、途中からそう主張し始めたことで、辻斬がようやく黙った。続いて引導が、殺意をはらむ三味線と、うんざりする男たちの視線を浴びて口を閉ざした。

万之助は、最後まで脱走は許せないと言い続けていたが、数馬と総七が兵士郎の策の内容を知りたがったことで発言しづらくなり、とうとう黙らされることになった。

兵士郎は、きびきびと自分の策について話した。とんでもない策だった。政には、兵士郎がやけくそになったとしか思えなかったが、数馬と万之助は明らかに度肝《どぎも》を抜かれながらも反対はせず、総七、爺っつあん、辻斬などは、むしろ興味を惹かれた様子だった。

赤丹と引導は、はじめは思案げだったが、

「はなから大博奕《おおばくち》を打つってわけですか。ま、相手は驚くでしょうねえ」

「ふーむ。上手くいけば、あの大軍を本当に食い止められるかもしれませんな」

と言って、兵士郎の策に乗るような態度を示した。

「そしたら、川の普請かあ。かかあとガキどもに話したら、きっと驚くなあ」

三途が、顔色がよくなった代わりに、つじつまの合わないことを口にしたが、みな眉をひそめただけで、指摘しないようにした。

「ノロとあたしにもできることがあるってのは嬉しいね。ご維新連中をまた何人か殺せるんなら何でも手伝ってやるさ」

三味線が、撥《ばち》を一振りして楽器を威勢よく鳴らし、

「あんにゃあ、どどーん！　あんにゃあ！」

ノロが、土間に置かれた首掛けのずだ袋を、嬉しそうに指さした。蔵で見つけた丸い陶器をぎっしり詰め込んでおり、なんとも言えない異臭を放つので誰もそれに近寄ろうとしなかった。

「ああ、あの臭えの投げてやれ」

政が言った。無視するとしつこく呼ばれるので、適当にあしらうしかなかった。

「上手くいかなければ全員これですか」

二枚目が、手でおのれの首を刎《は》ねる真似をした。

「上手くいっても、ここにいる何人かは死にそうだ」

おろしやが馬鹿馬鹿しそうに鼻を鳴らして言った。

「心配ない。死ぬ者があれば、拙僧の徳ある誦経《ずきょう》で成仏させてやる」

引導が請け合ったが、誰も反応しなかった。

「おれは死んでも構わない。だがそこの男には、生かして返すと約束した。その約束を破る気はない」

兵士郎が政を指さし、誰も訊いていないのに、本来ここに詰めるはずだった門下生全員が政の手で死んだが、非は自分たちにあると律儀に話した。

「貴様が殺しただと!?　我が同胞の仇《あだ》め!!」

辻斬が、今さら憤激し、兵士郎と数馬が呆れて制止した。

「そもそも貴様が辻斬などしなければ、駕籠《かご》かきを雇うこともなかったのだ」

兵士郎がたしなめたが、辻斬は殺す理由が増えたとばかりに政を睨んでいる。

「おかげで今日一日は首がつながったままでいられたわけだ。死んだお侍さんには悪いが、駕籠屋に感謝しねえとな。で、そちらの御方の策を用いるんで？」

赤丹が、脱走を咎《とが》められていたことなど忘れた顔で、数馬に結論を求めた。

「ひとまず、策に備えておこう。だが必ず実行すると決めたわけではない。明日にも狼煙《のろし》が上がるかもしれないのだ」

数馬は言った。政は、相変わらずお侍は悠長なことを言うものだと思ったが、何も言わずにいた。兵士郎の策が上手くいけば確かに時間を稼げるし、どさくさに紛れてまた逃げることができるかもしれなかった。

なし崩し的に、脱走した者は斬るとか、脱走する者がいれば全員に責任を取らせるといった当初の話はどこかへ押しやられ、運んできた具足と武器が配られた。

「また長岡藩と米沢藩の紋か」

兵士郎が、胴丸に描かれた紋に顔をしかめた。政たち入牢人《じゅろうにん》には、足軽用の陣笠《じんがさ》、胴、腕覆いなどが与えられたが、こちらに描かれているのも、彼らが見慣れた新発田《しばた》藩の溝口菱《みぞぐちびし》の御紋ではなかった。

「これも序列ゆえだ。加勢が来るまでの辛抱だぞ」

宥《なだ》める数馬を、「入江《いりえ》殿、ちょっとこちらへ」と万之助が呼び、人々が具足を身につける間、二人で屋形の外に出て話し込んだ。

「あのお二人、何を話してるんだか。ちょいと気になるねえ」

三味線が、ノロに胴をつけてやりながら呟いたが、

「おおかた、若先生の策を用いるかどうか話しているのだ」

辻斬が決めつけ、他の者もどうせそうだろうという様子で取り合わなかった。

「具足をつけ終えたな。勝手に斥候に出た者たちは両手を出せ。手縄をつける」

だしぬけに総七が言った。

「その話は終わったんじゃなかったんか」

政が反発したが、総七に半眼で見据えられて黙った。兵士郎のほうは躊躇《ためら》うようだったが、総七に協力して、政ら五人に手縄をかけた。体の前で結ばれているため歩行や戸を開くといったことはできるが、脱走を再び試みるには大いに不便だ。

数馬と万之助が戻ってきて、手縄をかけられた者たちを見て目を丸くしたが、二人とも兵士郎と総七にうなずきかけ、適切な処置であることを認めた。

「では組分けをする。交代で見張りに立て」

数馬が告げ、ここでも「勝手に斥候に出た者たち」の動きを封じる工夫がされた。

まず、数馬と赤丹と二枚目、兵士郎と政とおろしや、総七と爺っつあんと引導、万之助と三途と辻斬、三人ずつの組分けがされた。ノロと三味線は屋形詰めと火の番を命じられ、朝まで厠《かわや》に立つことを禁じられた。侍たちが脱走者をそれぞれ監視し、ついでに引導を大人しくさせておける配置だった。

鉄砲は四挺あったが、全て侍が用い、入牢人たちには触らせなかった。ただし四挺とも昔ながらの火縄銃で、連射に優れた外国製の武器は皆無だった。

刀、槍、弓、百本ほどある矢は、縄でひとまとめにくくって屋形の中に置かれ、入牢人たちが勝手に持ち出せないようにした。

こうして政は、農兵隊に参加して以来の具足を身につけたうえに手縄をかけられ、兵士郎とおろしやとともに屋形で短い眠りをむさぼった。そうする以外にどうしようもなかった。夜明け頃に交代を命じられて起き、水を飲むことと厠で用を足すことを許されてのち、手縄に苦労しつつ梯子をのぼって南門の上に立つと、日が昇るまでそこにいさせられたのだった。

数馬が用意したのは武具だけでなく、見張り用の遠眼鏡《とおめがね》が、二つあった。どちらも外国製で、かなり明瞭に遠くにあるものを見て取ることができる。とはいえ暗いうちは大して役に立たないため誰も使っておらず、夜が明けてやっと三人が交代でそれらを用いた。

兵士郎は熱心に橋の向こうの坂や崖に動きがないか監視していたが、おろしやはたびたび新発田城がある北のほうへ遠眼鏡を向けていた。狼煙が上がれば務めが終わるという数馬の言葉を信じてのことだ。

政もついおろしやの視線を追ったが、そうすると北の櫓《やぐら》のそばにある墓地の一部が見え、途方もなく嫌な気分にさせられた。坂の上から見た多数の篝火《かがりび》のことを思い出すと、こんなはずじゃなかったと頭を抱えて地団駄を踏みたくなる。

「あの坂の向こうでは、兵を容易に進ませるため、藪《やぶ》を刈り払っているところだろう。夜が明け次第始めたとして、そろそろ刈り終えた頃だ。こちら側から見える藪に隠れ、兵がひそかに近づいてきているとしても不思議ではないな」

兵士郎が呟き、遠眼鏡でその動きを見て取ろうとした。だが峡谷を吹き抜ける風が藪を揺らすせいで、何かがその下で動いているのかどうかまったくわからなかった。

「この縄、使うことになるんかなあ」

おろしやが、門の上に置かれた縄の束を見て言った。縄は複雑に結び合わされている。爺っつあんが兵士郎の策に備えて用意したものだ。政には答えようがなかった。

「敵が来れば使うことになるだろう」

兵士郎が言った。

「その前に、狼煙が上がらんかなあ」

おろしやが溜め息交じりに呟いた。

屋形から数馬、赤丹、二枚目が現れ、つづら折りの坂を下り、南門にのぼった。

「交代だ。今のうちに食事をしておけ」

数馬が自分の鉄砲を壁に立てかけて言った。兵士郎がうなずいて遠眼鏡を数馬に渡し、自分の鉄砲を手に取った。おろしやが手縄をされたままの赤丹に遠眼鏡を渡したとき、二枚目が断崖の向こうの坂を指さした。

「あれは何ですか？」

数馬と赤丹が、二枚目の指が示すほうへ、さっと遠眼鏡を向けた。

坂の上で何かが動いているのが、政にも見えた。複数の人間と、何か大きなものが二つあるようだった。

「大砲だ！」

数馬と赤丹が同時に叫んだ直後、大きなものの一つから、ぱっと白煙がわいた。

遅れて、どーん、という轟音《ごうおん》が響き渡り、そこらじゅうの木々から多数の鳥がばたばたと飛び出す一方、ひゅーっと空を切り裂く恐ろしい音があっという間に迫った。

「誰かおれの縄を切ってくれ！」

赤丹の叫び声を、凄《すさ》まじい衝撃音がかきけした。

大砲の弾が、二ノ丸のど真ん中に着弾し、土煙の柱を上げて砦内を震撼《しんかん》させた。

続いてもう一つの大砲から白煙と轟音がわいた。砲弾が、南の櫓をかすめて一ノ丸と二ノ丸の間の柵に命中した。柵に穴が空き、高く舞い上がった大量の木片と土砂が、南門の上で這いつくばる人々の背に降り注いだ。

「おれの策を用いるか!?　今すぐ決めろ、数馬！」

兵士郎が、這ったまま怒鳴った。

数馬が自分の鉄砲を取り、顔を上げて壁の隙間穴から対岸を覗いた。

わあっ、と吶喊《とっかん》の声が起こった。対岸の坂を覆う藪や木々のそこかしこから、ひそかに進んでいた多数の兵が現れたのだ。兵は二隊に分かれ、一方が吊り橋を目指して坂を駆け下り、他方が対岸に並んで銃を構え、ただちに南門へ撃ちかけ始めた。

数馬がたまらずまた這った。新政府軍が用いる武器の大半が外国製で、砦の侍たちが持つ火縄銃とは比べものにならない連射能力を備えている。横殴りに吹きつける雨のように銃弾が飛来し、とても身を起こして撃ち返すどころではない。

「策を用いる！　私の組はここに残れ！　兵士郎の組は門を降りて策に備えよ！」

数馬が叫んだ。兵士郎は自分の鉄砲をつかむと、他方の手で脇差しを抜き、政の手縄をぶっつりと切った。

「行くぞ」

兵士郎が血気昂ぶる笑みを浮かべて言った。政はその顔に唾を吐きかけてやりたい気持ちを抑え、おろしやとともに、階段がある場所まで門の上を這っていった。

そのとき、ものすごい音が響き渡り、滝のように木片が降り注ぐとともに、砕けた丸太や杭が飛んできた。兵士郎と政が慌てて下りようとしてともに階段を転げ落ち、そこへ同様に倒れ込んできたおろしやが覆いかぶさった。

政は、二人を押しやって板敷きの床から地面へ這い出た。その視界の隅で、南の櫓が半壊しているのを見た。砲弾が直撃したのだ。吹っ飛んだ材木が門の上にいる誰かを打ちのめしたらしく、激しい苦悶《くもん》の声が頭上から聞こえていた。

二

「砦の中に撃ち込ませろ。間違っても橋に当てさせるな。こちらが進めなくなる」

精一郎《せいいちろう》が、轟音を放つ大砲から離れた崖の上に座り、遠眼鏡で砦を覗いて言った。

崖には古い階段と木組みの祠《ほこら》のようなものがあり、日除けにちょうどよかった。すぐそばに洞窟があり、奥になぜか鉄の蓋がされた井戸があったが、ちょっと蓋を開くと異臭が漂い出し、水を汲《く》めるものではないと知れた。ともあれ精一郎も荘一郎《そういちろう》もその古めかしい、いつの時代の遺物かもわからないものに興味はなかった。

「熟練の砲兵たちだ。つまらんしくじりはせん。それよりなぜ砦の者たちは橋を落とさなかったと思う？」

荘一郎が、同じく遠眼鏡を使いながら、不思議そうに訊いた。

「さてな。打って出る気だったたか。恭順を示し、こちらに配慮してというのであれば、斥候を殺すような真似はせんからな」

「旗は見たところ長岡藩と米沢藩のものだが、斥候は新発田藩兵も混じっていると言っていた。もし、その者たちが橋を落とすのを止めたとしたら？」

「今頃、止めた者を怨《うら》んでいよう。もしそうなら砦にいる者同士が争って自滅してくれるかもしれん。ともあれ、撃ち返しもせんところを見ると、思った以上に少数か」

「水本《みずもと》兄弟に先鋒を任せたが、あれなら一刻（二時間）とかからず落とせそうだ」

荘一郎が確信を込めて言った。二人は遠眼鏡の使用をやめ、藪に隠れて断崖にまで進んだ自軍の兵を眺めた。楯《たて》を掲げて橋のたもとに兵を集めて突入に備えるのが兄の水本正虎《まさとら》で、かたや断崖に銃兵隊を並べて門へ撃ちかけさせているのが弟の水本正鷹《まさたか》だった。どちらも、いったい何を食えばそうなるのかと精一郎に思わせるほどの巨漢であるだけでなく、好んで前線に立って武功を求める、生粋の将兵たちだ。

正鷹の隊の南門への射撃を任せ、ほどなくして正虎の隊が吊り橋を渡り始めたが、砦側からは反撃らしい反撃もない。

「あちらの事情を推し量るより、砦の生き残りを取り調べるほうが確かだな」

荘一郎が、すでに砦を落としたかのような気楽さで言った。

「生き残りがおればいいが。せめて、我らの進軍を知ってのことか、それともたまたま立て篭もったか、はっきりさせたいものだ」

精一郎のほうも、砦にいるのが何者であれ、全滅は必至とみて言った。

またそれは前線に立つ水本兄弟も同様だった。

正鷹は弾薬が無駄になるとみて、一度に撃ちかける数を半分以下に減らした。まだ正虎の隊が橋を渡りきっていないうちにである。だが正虎のほうは支障なく、念のため兵には楯を下ろさないよう命じながら、さっそく対岸へ渡りきっていた。

通常であれば矢弾がいやというほど飛んでくるはずだが、外門の周辺は敵がいる気配すらなかった。ただちに正虎と兵たちが槌《つち》を振るって外門を押し破り、三ノ丸に乱入した。

自軍が南門に迫るとみて正鷹のほうは射撃を停止させた。

正虎は、兵とともに楯を掲げて南門へ進むとみて、そこでたたらを踏んだ。

脅威が迫ったからではない。その逆だった。南門の閂《かんぬき》が外れて隙間が開いているのだ。

正虎はまじまじと門を見つめていたが、やがて刀に手をかけて歩み寄り、兵たちも同様にした。正虎が足で門の両扉を押し、大きく開いた。

門をくぐったそこは異様なほど静かだった。人の姿はなく、とっくに遺棄された様子だ。かと思うと、正虎の背後で、兵たちが驚きの声を上げた。

正虎が門の内側を振り返り、うっ、と呻《うめ》いた。

侍と思しき男が、首をくくられて吊されているのだ。後ろ手に縄をかけられていることから自死とは思えない。明らかに処刑だった。両刀は腰に差したままで、抵抗する間もなく殺されたことが窺えた。身につけた胴丸には長岡藩の印が描かれており、どうやら砦の中で争いがあって、くびり殺されたと知れた。

「ここは捨て城のようだ。後の者たちをこの門前で待機させ、正鷹には援護無用と伝えろ。お前たちは楯を置いておれと来い。誰か残っておらんか調べて回る」

正虎が命じ、二十名余の兵をつれてつづら折りの坂を登った。建てられた柵の一部は砲撃でばらばらになっており、その隙間を通って二ノ丸へ直進することができた。

二ノ丸を囲む柵に損傷はなく、ただ老朽化していた。その柵の間を進みながら正虎は刀を抜き、手振りで兵に命じて、屋形を包囲させた。人がいるとすればその中だろうと踏んだのだが、壁の隙間から覗いた限り、誰もいなかった。

代わりにその背後から、濃い白煙が流れ込んできて、正虎をぎょっとさせた。

いつの間にか、厩と道具小屋が揃って燃えていた。古い干草や湿気った材木が火に炙《あぶ》られて噴き出す大量の煙が、たちまち二ノ丸全体に立ちこめ、視界を奪っていった。

「あれらの小屋を壊して火を消せ！　お前たち、そこの井戸の水をかけろ！」

正虎が叫び、抜いた刀で井戸を指し示した。兵たちが急いで井戸から水を汲み上げたものの、黒く濁ったくさそうずに驚いて取り落としてしまった。

「い、井戸に毒が！」

「何だと!?」

正虎がわめいて井戸を覗き込み、臭気に息を詰まらせて後ずさった。

そのときにはもう、白煙が彼らを包み込み、厩や道具小屋へ駆けていく兵たちを、正虎が視認することもできなくなっている。

「今だ、やれ！」

煙の向こうで、誰かが叫んだ。

鉄砲を抱えた兵士郎だった。燃える道具小屋の裏から現れ、片膝立ちで鉄砲を構え、火を消すために近づいてきた兵のどてっ腹へ、ものの見事に弾丸を撃ち込んだ。

撃たれた兵士が、もんどり打って倒れ、激痛に悶《もだ》え、絶叫した。

他に道具小屋の裏には、政、三味線、ノロがおり、

「やったよ、行きな駕籠屋！」

「あんにゃあ！」

三味線とノロが口元を布で覆い、板で扇《あお》いで火を起こすそばで、政は言われずとも槍を構えて猛然と走り出ると、面食らう兵たちに正面から突っ込んでいった。

ちくしょう！　握りしめた槍の穂先が、棒立ちになる兵の首元に勢いよく突き刺さる感触を味わいながら、政は心の中で激しく罵った。おさだとのゆびきりの記憶が、どんどん薄れていくようだった。生きて帰りたいという強い願いとは裏腹に、肝心のおさだの面影が急激に遠ざかるような虚《むな》しさを心から追い払い、やらねば自分が死ぬというただそれだけの思いで、刺した兵の胸を蹴飛ばして槍を引き抜くと、すぐ近くにいる別の兵の脳天へ、全身の力を込めて槍の柄を振り下ろしていた。

同じとき厩の陰からは総七が現れ、兵の一人を鉄砲で撃ち倒すや、その背後から爺っつあんと引導が槍を構えて駆け出し、兵士郎と政に気を取られていた他の兵たちの横腹を、それぞれ容赦なく貫いた。

絶叫がさんざめくとともに、屋形の陰から緊迫した顔の万之助が現れ、近くにいた兵を鉄砲で撃った。その兵は肩を撃たれて倒れながらも、万之助を睨んでわめいた。

「虎様！　あちらに敵が！」

万之助が怯《ひる》み、屋形の陰に戻るのと入れ違いに、辻斬が勢いよく飛び出した。

辻斬は、倒れた兵へ駆け寄り、勢いよくその首を突き貫いてとどめを刺すと、

「どうだ、八人目だぞ！」

だみ声でわめき、首から血をしぶかせる兵を思い切り蹴って転がし、それに足を取られた別の兵の顔面に刀を叩き込んでばっさりと横一文字に切り裂き、悲鳴を上げて両手で顔を覆うそいつの首を撫で切りにして血をしぶかせた。

「九人目だ！　死ね！　死ね！　死ね！」

辻斬の襲撃に気づいた兵たちは、慌てて正虎を守って前へ出たとたん、どこからともなく飛んできた矢と石を顔や身に受けてたじろいだ。

屋形の屋根の上で伏せていたおろしやと三途だった。おろしやが弓に矢をつがえて放ち、三途が投石していた。どちらも達者な腕前とは言いがたく、具足をつけた者たちを一撃で仕留めるなど無理だが、すぐ眼下にいる人間が標的とあって、動揺させるには十分だった。

「門まで退け！　この煙の中から出よ！　誰か、楯を取りに行け！」

正虎が、煙で咽《む》せながら命じつつ、屋形から離れた。だが煙のせいで方向を失い、柵に激突して目をくらませ、息苦しさのあまりその場に膝をつきそうになったが、手

探りで柵沿いに進み、やっと二ノ丸から出ることができていた。

そうする間にも背後の白煙の向こうでは、怒号とともに悲鳴が起こり、それが敵のものか味方のものかも判然としない。いずれにせよ正虎の周囲に味方の兵はなく、ただちに待機させていた兵を引き入れねばならなかった。

いや、二ノ丸での騒ぎを聞きつけ、すでにこちらへ駆けつけてきていてもおかしくない。なのにつづら折りの坂を転げるように下りる正虎のもとへ誰も来なかった。何かがおかしい。正虎は傾《かし》いだ柵を押し倒し、南門へ真っ直ぐ駆けようとして、はたと足を止めた。

南門が閉じていた。そんな馬鹿な話はなかった。先ほど開いたままでいた門を、自分の配下の兵が閉じたのかと愕然《がくぜん》となった。

むろんそうではなかった。正虎はすぐに事態を悟った。

門に吊されていた人物が消えていた。代わりに一人が門の上にいて、三ノ丸のほうへ鉄砲を撃ちかけている。また別の二人が、門をかけた門が押し破られないよう、内側から押さえ、つっかえ棒をかけたりしているのだ。

門を押さえている一人は、両刀を差した侍だ。具足からして吊されていた人物に違いなかった。首をくくられたふりをしてこちらを欺き、正虎が奇襲を受けるや自ら縄をほどいて、隠れていた者たちとともに門を閉じたのだ。

正鷹の隊による射撃の音が聞こえたが、数は多くなかった。三ノ丸にいる正虎の兵に当たりかねないため、腕が確かな者にだけ、門上の射手を狙わせているのだろう。

正虎は駆けながら、侵入する際に門を隈《くま》なく調べなかった自分に舌打ちした。門が開いているのを見た時点で、砦はもぬけの殻だろうと予断を抱いてしまったのだ。

「なんと卑劣な真似を！　一人も許しはせんぞ！」

刀を掲げて迫り来る正虎に、数馬と赤丹が息を呑んで振り返った。

赤丹が、門につっかえを加えるために抱えていた杭を、正虎に向かって投げた。

正虎は、具足をまとった太い腕で杭を弾き、刀を抜く数馬へ肩から突進した。

数馬は吹っ飛ばされて壁に背から激突し、跳ね返って前のめりに倒れ込んだ。

赤丹が門に立てかけていた槍を慌ててつかみ、正虎へ向かって突き出したが、正虎にその柄をつかまれ、思い切り引っ張られた。まるで大人と子どもだった。赤丹が槍を両手で握ったまま振り回され、地面に放り出されて転がった。

「おれが吊し直してやるわ、下郎！」

正虎は赤丹に構わず、立って刀を構え直す数馬へ吠《ほ》えた。

「止まりなさい！　撃ちますよ！」

頭上で叫ぶ者がいた。門の上で鉄砲を抱える二枚目だ。顔の左半分に巻いた布が真っ赤だった。砲撃で南の櫓が破壊されたとき、飛散した木片をもろに浴びたせいだ。

だが正虎が警告も耳に入らない様子で、数馬へずんずんと迫っている。

二枚目は右目だけで狙いを定め、引き金を引いた。

正虎の左腕で、ぱっと血煙が舞ったが、身を僅かに傾がせただけで止まらず、右手だけで猛然と刀を振るった。数馬が構えて受けた刀もろとも、正虎の刀も衝撃で曲がるほどの一撃だった。たまらず刀を取り落とした数馬を、同じく刀を放った正虎が力任せに押し倒し、脇差しを抜いた。数馬も脇差しを抜こうとしたが、巨軀にのしかかられてできなかった。その隙に正虎は脇差しを、数馬の胴丸の隙間に差し入れ、深々と刺し抉《えぐ》った。

数馬の口から苦悶の声が迸《ほとばし》った。

「この野郎！」

赤丹が勢いをつけて、槍の穂先を正虎の首へ突き込んだ。しかし正虎が身をよじって具足で穂先を逸らし、またしても槍の柄を握ると、今度は軽々と赤丹の手からもぎとり、立ち上がった。

「二人とも吊し――」

正虎が言いさし、瞠目《どうもく》した。

後ずさる赤丹の両脇を、兵士郎、総七、政、辻斬、爺っつあん、引導の六人が駆け抜けた。六人とも手傷を負っていたが、構わず一斉に正虎に襲いかかった。ただし刃は振るわず、全員が来る途中で倒れた柵から引き抜いた木材を抱え、それで正虎を殴りまくった。

正虎も槍を振るって抵抗しようとしたが、左手が銃撃で満足に使えないうえ、六人がかりで滅多打ちにされてはたまらない。頭から鉄笠が吹っ飛び、鼻は潰され、持っていた槍は弾き飛ばされた。膝を打たれて転がされ、ついには亀のように丸くなって打撃に耐えるしかなくなったところで、爺っつあんが腰の縄をたぐり、手早く正虎を縛り上げた。

「数馬！」

兵士郎が、倒れた数馬に駆け寄った。

「私は、いい……、門が……」

数馬が、脇差しが突き刺さったままの脇腹を両手で押さえながら言った。血が溢れ出していたが、手当をする間とてなかった。

ものすごい音が響き、門と門が激しく軋み、つっかえ棒にしていた杭が衝撃で飛ばされた。

「いけねえ、破られる！」

赤丹が慌てて杭を立て直した。

「来るぞ！　押し返せ！」

辻斬が肩からぶつかるようにして門扉を支え、

「この男を、急いで門の上へ連れていく！　万之助殿、こっちへ！　早く！」

兵士郎が叫んだ。二ノ丸のほうから、万之助、おろしや、三途、ノロ、三味線が、後ろ手に縛られて首縄でつながれた五人の兵とともにこちらへ向かってきていた。

かと思うと、ノロが驚くほどの速さで駆け出し、正虎を縛った爺っつあんと、政たちの間を風のように通り抜け、みなの意表を衝いた。

「どこへ行く！　待て！」

兵士郎が止めたが、ノロは聞かず、そのまま門の階段をのぼっていってしまった。

門の上で、鉄砲の弾込めをする二枚目が、いきなり現れたノロにぎょっとなった。

「何をしに来たんですか？」

「どどーん」

ノロは嬉しげに言い、這って二枚目のそばに行くと、首にかけたずだ袋から異臭を放つ陶器の玉を出した。玉からは紐のようなものが垂れており、その紐の先を、二枚目が抱える鉄砲の火縄に押しつけた。

しゅっと音を立てて紐が火花を発し、みるみる短くなっていった。それが導火線であることを悟った二枚目が、右目を大きく見開いた。

ノロは、しゅっしゅっと音を立てて短くなっていくそれを楽しげに見つめ、二枚目がぞっとなって離れようとしたところで、ようやくそれを門の向こうへ投げた。

凄まじい炸裂音とともに、空気がびりびりと震えた。目に見えない波が広がり、それが門を振動させ、その内側にいる人々ですらそのさざなみを肌で感じ取った。

門前にいた三十人ほどの兵たちこそ不運だった。爆発は彼らのど真ん中で、かつ、ちょうど頭の高さで起こった。その場にいる全員が鼓膜に強烈な打撃を負い、衝撃波で失神した者もいた。さらには飛散した火花で多数の髪や衣服が燃え上がり、細かく砕けた陶器の破片が露出した顔や肌の至るところに突き刺さった。

阿鼻叫喚《あびきょうかん》の騒ぎとなった彼らへ、ノロが二個目の玉を放った。

再び苛烈な爆発が天地を震わせた。三ノ丸にいる者たちの誰もが火を浴び、耳はつんざかれ、恐慌に陥って外門へ殺到した。倒れたところを踏み潰されて死ぬ者たちが出るのも構わず外へ逃れると、大急ぎで吊り橋を戻ろうとしたが、応援の兵と橋の上で鉢合わせて混乱状態となり、何人かが足を滑らせて真っ逆さまに落ちていった。

その間に、おろしやと万之助が、数馬の手当に取りかかった。

一方、兵士郎と総七が、首縄でつながれた正虎と五人の兵を門の上へ引っ立てていくと、口々に罵りわめく彼らの口に縄や布を結わえてくつわにした。

外からの銃撃がやんでいることから、残りの面々も慎重に門の上へのぼった。

赤丹が、壁の縁から恐る恐る顔を覗かせ、

「おいおい、なんてとんでもねえ花火だ」

がらんとなった三ノ丸に、死者が六人も横たわっているのを見て言った。玉の炸裂だけでなく、仲間に踏み潰されて死んだ者もいるようだった。

「焙烙玉《ほうろくだま》だ。蔵の中で腐っていたのを、ノロがくそうずで使えるようにしたようだ」

爺っつあんが、大きな手でノロの肩を叩いた。

「あんにゃあー、なつー、どどーん」

ノロが、政と三味線へ微笑みかけ、なぜか断崖の向こうにある山を指さした。

「あそこまで花火を飛ばそうってのか。確かに敵にめいっぱい食わせてやれるぜ」

赤丹が笑った。爺っつあんは、ノロが指さしたほうを真顔で見つめ、

「かもしれんな」

と呟いた。

「どうだい。あたしとノロが、どうやってご維新浪人どもを殺したか、よっくわかったろ」

三味線が、政へ誇らしげに言った。

政は、ああ、という以外に返す言葉がなかった。いつだったか、おさだと一緒に片《かた》貝《かい》へ花火を見に行けたらいい、と声なき会話をしたことをふいに思い出し、そのせいで、この地獄のような有様《ありさま》で嬉々としている面々を見ていられなくなった。

「ううむ、なんだ？　腹が痛むぞ」

辻斬が呟いて急によろめき、引導が目をみはった。

「おう、お主、横腹を斬られているぞ。すごい血だ。拙僧の念仏はいるか？」

「何だと？　冗談ではない。まだ十五人しか殺しておらんのに死んでたまるか」

辻斬がよたよたと門を下り、おろしやに助けを求めに行った。

「大砲も鉄砲も、撃ってこんな。人質をとったのが効いたか」

総七が、対岸の正鷹の隊を眺めて呟いた。橋を渡っていた兵は、ようやく対岸に逃げ戻り、藪で身を隠しながら坂を登っている。

「これで一日はもつでしょう」

兵士郎が言った。その背後で、ぐうう、と正虎がくつわを噛んで唸《うな》った。その血まみれの腫れ上がった顔が憤怒で歪むさまを総七が一瞥《いちべつ》し、溜め息をついた。

「その代わり、とことん怒りを買ったろうな」

政も同感だった。退却させた兵の何倍もの軍勢が控える断崖の向こうと、煙が漂う二ノ丸を見た。逃げ道を探したがどこにもなかった。侍同士の争いなど心底どうでもいいのに、いまや完全に呑み込まれて逃げられなくなっていた。

ときに慶応四年七月二十三日のことであった。

三

「捨て城とみせて誘い込みおった。それも、人質をとって門に並べるためにだ」

精一郎が、車座になる荘一郎、正鷹の他、砲兵隊長や主だった者たちへ言った。

戦闘中に精一郎と荘一郎がいた崖の上である。そこに座る者はみな、はらわたの煮えくり返る思いで砦へ目を向けていた。

「あのような卑怯な手、聞いたこともありません。我が兄と兵を恥辱にまみれさせておくなど到底耐えがたく、即座の進撃をお命じください」

正鷹が主張した。

「人質が死ぬ」

荘一郎が言った。

「我が隊が、ただちに兄たちを不名誉から救い出します」

「正虎たちを撃てとお前たちに命じさせる気か？　馬鹿者。落ち着いて考えろ」

精一郎が、苛立たしげに言った。

「考えろとは何を？」

正鷹がきつく眉をひそめて訊き返した。

「あちらが危険を冒して人質を欲した理由だ。こちらの足を止めておきながら交渉事があるのでもない。爆薬を使ったのは門を守るためだろうが、なぜ誘い込んですぐに使わなかったのかがわからん。何より、敵が長岡藩なのか米沢藩なのか不明だ」

精一郎が疑問を並べ立てた。お前たちが罠を見抜いて早々に砦を落としていれば、とっくに解明されていたのだと内心で付け加えていた。

「考えてわかるものでしょうか？」

正鷹が疑わしげな顔で訊いた。

「何もかも、つじつまが合わんからな。こちらから働きかけてはどうだ？」

荘一郎が、砦の門に並べられた仲間のほうを指さして提案した。

「人質を解放させるためにか？　相手が何を望んでいるのかもわからんのだぞ」

精一郎が顔をしかめたが、荘一郎はまさにそれが問題だというようにうなずいた。

「どこの藩士が何人いるかもわからんからだ。しかし新発田藩兵がいることはわかっている。そいつらが望みそうなことを条件として持ちかけてはどうだ？　たとえば、罪を問わず、錦旗の下に迎えてやる代わりに人質を解放しろと言えば、あちらは揉めるかもしれん。離反者が一人でも出てこちらに降れば、あの砦の状況がわかる」

「なるほど」

「不問に付すなど、冗談ではありませんぞ」

正鷹が屹然《きつぜん》となるのを、精一郎と荘一郎がともに手を振って宥《なだ》めた。

「誘い込みに過ぎん。やつらがやったことを、こちらがやり返してやるまでだ。ここまでしてくれた相手を許すものか。用が済めば、あの崖から投げ捨ててやる」

荘一郎に説明され、正鷹や他の面々も納得したようにうなずいた。

「昼餉《ひるげ》を用意させろ。食い終わってもあちらから働きかけがなければ、こちらから誘う。どこのどいつが立て篭もっているか知らんが、一人残らず殺して進むまでだ」

精一郎が、切れ上がった目に酷薄の光をたたえ、傲然と告げた。

同じ頃、砦の屋形の中でも話し合いが行われていたが、こちらは精一郎たちに比べてはるかに混沌《こんとん》とし、そして収拾がつかないものとなっていた。

まず重傷を負った数馬を、屋形に運び込んだものの、ろくに立てないどころか、このままでは死んでしまうだろう、と応急処置を担ったおろしやは言った。

そのおろしやは、腹を深々と抉られた数馬、左顔面をずたずたにされた二枚目、脇腹に深手を負った辻斬の処置に加え、戦闘の手傷を負った兵士郎、総七、政、爺っつあん、引導らの傷を率先して治療した。湯と焼酎《しようちゆう》で傷を消毒し、数馬が用意していた針と糸を使って縫合し、包帯で覆うのだが、その手際は実に優れていた。といって痛みを消してくれるわけではなく、誰もが治療の痛みに苦痛の声を上げた。

最もうるさく騒いだのは辻斬で、「もっともっと殺してやる！　この痛みを万倍にして返してくれる！」などと叫んだかと思うと、縫合の痛みを紛らわすため獣のように吠えまくった。二枚目も、顔に突き刺さった多数の木片を抜くたび激痛で叫び、とりわけ左目に刺さったものを抜いたときは全身をおののかせて絶叫した。

「ほれみろ、だから殺し合いなんて馬鹿のすることなんだ」

おろしやは繰り返し言ったが、誰も聞いておらず、怪我人たちが順番に悲鳴を上げる中、別のことが激しくのべつまくなしに話し合われた。

「お前たちがやったことは卑怯きわまりない恥ずべき所業だ」

などと万之助が今さら批判を口にし、自分は関係ないなどと主張するせいで、兵士郎と総七を苛立たせた。

「敵はすぐに大挙して押し寄せてくる。狼煙が上がるまで時間を稼ぐには、急いで別の策を用意する必要がある」

兵士郎は、万之助を黙らせるため、みなの意識を次の戦闘に振り向けさせたが、

「しかしこの煙の臭いはたまらん。本当に火は消えているのか？」

引導がしきりに文句を言って話の腰を折り、

「せっかく人質がいる。尋問してあちらの手勢について詳しく聞いたほうがいい」

爺っつあんが別のことを提案し、

「卑怯だというのなら、そうではない策をご提案なされたらいかがか」

総七が、むきになる万之助と益体《やくたい》もない口論を繰り返した。

その場にいなかったのは赤丹、三味線、ノロである。南門の上で拘束されたままの人質たちに水を飲ませ、楽器を弾いてやりつつ、爺っつあんの言う「尋問」めいたことをしていたのだが、まったく話が噛み合わなかった。

人質たちは言葉少なに、「長岡藩の敗者ども」とか「米沢藩の城もすぐに落ちる」とか言って挑発するのだが、三人には何の意味もなく、三人のほうも自分たちが新発田藩藩士に連れてこられた入牢人に過ぎないと教えることもなかった。

やがて屋形では、万之助と総七が険悪となったため、兵士郎が間に入って両者を離さざるを得なくなった。

「そろそろ見張りを交代させるべきだな。ついでに少し風に当たってくるとしよう」

総七が自分から口にし、誰についてこいとも言わずに立つと、

「あとになって関係がないなどと言うほうが卑怯でありましょうな」

捨《す》て台詞《ぜりふ》を残し、大股で屋形を出ていった。

万之助のほうは、ふんと鼻を鳴らしただけで、追いかけていって斬り合うといったことはしなかった。そもそもそうした気質の持ち主ではなく、極度に神経を尖《とが》らせているせいで自分が思っていることを口にせずにはおれないだけなのだ。

ほどなくして赤丹、三味線、ノロが揃って屋形に現れ、兵士郎が目を丸くした。

「三人とも戻ってきたのか?」

「首斬り人さんは、しばらく一人になって落ち着きたいんだそうで。他に六人もいますが、猿ぐつわを嚙ませてりゃ喋れませんからね」

赤丹が言った。

「わざわざ静かにしたいような話が出たのかい？　あたしらにも聞かせなよ」

三味線は撥を振るって楽器を鳴らしながら、血と煙の臭いが充満する板敷きに平然と座り、人々を見回した。

「別に何でもない」

兵士郎が受け流そうとしたが、万之助は口を閉じておくことができなかった。

「せいぜい卑怯な手を使って生き延びればよい。ただし私を巻き込むことは許さん。私はここの普請を命じられただけで、貴様らが何をしようが知ったことではない。数馬殿がこれほどの深手を負ったからには、ともに退去するまで」

「我々を置いて去ると？」

兵士郎が呆気に取られた顔になった。政たちが軽蔑する目で見るのも構わず、万之助は当然だというようにうなずいて片膝を立てた。

「数馬殿を無事に御城へ戻し、家老衆にここの状況を報せることも私の務めだ」

三味線が喉を鳴らして笑い、撥を振るった。

「そんで、あたしらを始末するんだろ。あんたとそこのお侍が話してたようにさ」

屋形の空気が凍りつき、万之助が瞠目して金縛りに遭ったように動きを止めた。

「いつ話してたって？」

政が腰を浮かし、万之助と三味線を交互に見ながら訊いた。

「沢で水を汲んだときさ。あたしが鷲尾《わしお》の旦那に埃を流させてくれって言ったろ」

兵士郎も片膝を上げてうなずいた。

「確かに。万之助殿と数馬殿は、ともに我々から離れていた」

「埃を流したかったのは嘘じゃないが、本当はこのお二人がこそこそ隠れて何か話しているのが気になってね。ちょいと聞き耳を立ててやったのさ」

誤魔化《ごまか》すことがつくづく下手な万之助が、愕然とした表情になった。

「どんな話を聞いたか教えてくんな」

土間に立ったままだった赤丹が、屋形の出入り口を塞ぐ位置に移動して言った。

三味線が撥を振るって楽器を鳴らし、すらすらと唄うように告げた。

「新政府に恭順するため、佐幕派の藩士を捨て石にするはずだったのに、なんで入牢人などを用いるのですか、今すぐあいつらの首を刎ねて農兵隊を呼んでください、と荒井《あらい》の旦那は言ったもんさ。すると入江の旦那はこう言ったね。今いる入牢人と兵士郎に、新政府の岩村《いわむら》精一郎の軍を足止めしてもらうしかないのです。五頭山詰めをさせた者は、狼煙が上がり次第、全員始末せよと命じられているのですから。農兵を他の農兵に殺させるなんてことをすれば、すぐに知れ渡って、家老衆の策が新政府軍に漏れます。そうなれば新発田藩の立場がいよいよ危うくなります、ってなもんさ。唄は得意でね。よく覚えただろ？」

今や、横たわったまま動けず荒い呼吸を繰り返す数馬と、片膝立ちで凝然とする万之助、そして楽器を抱えた三味線を除き、全員が立ち上がっていた。

「つまり、無罪放免やら報償金やら、川の普請なんてのも、全部はなから嘘八百だったってわけですかねえ？」

赤丹が、どうせそんなことだと思っていた、という調子で尋ねた。

万之助は無言だが、引きつった顔が雄弁な答えだった。

「おめ、なんですぐ話さなかった？」

政が、三味線に訊いた。

「こんなふうにでもなんないと、女郎のたわごとだって言われちまうだろ」

三味線が、また楽しげに楽器を鳴らした。

「嘘ってなんだ？　川を普請するんでねかったんか？」

三途が、絶望の表情で万之助に訊いた。相手が侍であることも忘れた様子だ。

「知るか！　私はここの普請を命じられただけだ！　お前たちがどうなるかなど知っ

たことではない！」

万之助が爆発した。痩せっぽちの農民に糺《ただ》されるなど我慢がならないという顔だ。

「よせ、三途」

爺っつあんが止めたが、

「うわあーっ！　こんちくしょう！」

三途が、万之助へつかみかかった。

万之助は、立ち上がりざま腰に差したままの太刀を抜き、突進してくる三途の右手首を斬り飛ばした。三途が、ぎゃあっと叫んで転がり倒れた。

兵士郎と辻斬が刀を抜いた。政たち残りの面々も壁に立てかけた刀や槍をつかみ、爺っつあんが腰の縄を手に取った。

斬られた手から血をまき散らす三途へ、おろしやが慌てて駆け寄る一方、万之助は三途から急いで離れると、まっしぐらに三味線の背後へ回って抱きすくめるようにし、刀を喉元に当てた。

「寄るな！　私はここを出ていく！　邪魔をするな！」

「女を盾にするなんて、大したお侍だよ」

三味線が、万之助に立ち上がらされながら、悠々と言った。

「卑怯だぞ！　三味線をよこせ！　代わりにそこのおろしやか三途を人質にしろ！」

引導がわめいた。三途の止血をするおろしやが呆れて言い返した。

「ふざけんな引導、おめが怪我しても面倒見てやんねえからな」

「三味線のためだ。仕方なかろう」

「黙れ！　そこをどけ！　さっさとどかんか！」

万之助が、三味線を抱えて前へ出ようとしたところへ、その足下に何かが転がってきた。陶器の玉だった。導火線に火がついており、しゅっしゅっと音を立てている。

「どどーん」

ノロが笑顔で言った。

「馬鹿、ノロっ！」

三味線が恐怖で怒鳴った。万之助が悲鳴を上げて三味線を放り出し、板敷きから身を投じて土間に伏せた。それ以外の面々も大慌てで身を低め、あるいは外へ逃げ出るのをよそに、ノロがけたけた笑って陶器の玉を手に取った。導火線が燃え尽きたが、玉は爆発せず、じゅっという湿気《しけ》った音がして煙を立ちのぼらせただけだ。

「あんにゃあ」

ノロが、外に出て身を伏せる政、赤丹、爺っつあんへ、不発の玉を掲げてみせた。

「この野郎、使えねえとわかっとったんか」

政が、地面に尻をつけたまま怒鳴った。

「まったく驚かせるんじゃないよ」

三味線が、ノロの背を睨みながら身を起こした。

万之助が顔を上げ、爆発が起こらなかったとみるや、跳ね起きてまた三味線を人質に取ろうと板敷きに上がった。だが三味線はとっくに土間へ下りており、政、赤丹、爺っつあん、ノロが、万之助を阻んだ。その横手で、兵士郎、辻斬、引導、二枚目が並び立った。

「どけ！　後悔するぞ！」

万之助が刀を振り回したとたん、激しい火薬の炸裂音が轟《とどろ》き、その体が吹っ飛ばされ、鍋や食器が積まれた台所に倒れ込んでけたたましい音を立てた。

「爆発したのか？」

引導が、きょとんとするノロを振り返り、不発の玉を持ったままなのを確認した。

「そっちではない」

兵士郎が言って、数馬のそばに寄って膝をついた。

数馬が、手に持った鉄砲をごとりと落とし、血を吐きながら兵士郎の袖をつかみしめた。

「わ、私が……お、お前たちの、じょ、助命嘆願を、する……。だ、だから、頼む……。こ、ここを守らねば……し、城が、城下町が、せ、戦場に……」

「しっかりせえ、おい、しっかり！」

おろしやがわめき、動かなくなった三途の頰を叩いたが、諦めて肩を落とした。

「駄目だ。もうじき死ぬ」

かと思うと、台所に倒れていた万之助がおののき、げほっ、と口から血反吐《ちへど》を噴いた。弾丸が胴丸の胸部を貫通しており、こちらも長くはなさそうだった。

爺っつあんが、万之助に歩み寄り、その腰から脇差しを奪うと、落ちていた太刀と一緒に土間の壁に立てかけた。

赤丹が、兵士郎と数馬のそばで腰を下ろした。

「人質の兵たちは、長岡藩の侍が、ここを牛耳《ぎゅうじ》ってると信じてやがった。どうにも話がおかしいじゃねえですか。もしかして昨日の斥候、あんたは始末したと言ったが、実は何か吹き込んで逃がしたんですかい？」

数馬が、兵士郎の袖を離し、震えながら上体を起こして壁に背を預けた。

「寝てなせえって。傷が開いちまう！」

おろしやが言ったが、数馬は聞かず、両手を床について人々へ頭を下げた。

「そ、そうだ……、す、全て、藩と、領民を救うため……」

「そもそもが、我ら鷲尾道場の門下生全員を人柱にするつもりだったと？　新政府に恭順するのに、新政府の軍を止めるとは、いったいどういう理屈ですか？」

辻斬が、怒気を込めて訊いた。

「す、すまん……。し、新政府の、い、岩村精一郎は、お、おのが武功のため、わ、我が藩を、犠牲にする気だ……。と、止めねば……、城下が、ひ、火の海に……」

「なんだって？」

政が愕然となった。砦に来て初めて、おさだの笑顔が強く思い出されていた。

「お前が、家老衆に、我々の助命嘆願をしてくれるのだな？」

兵士郎が、話が他へ逸れないよう、声を大にして訊いた。

「や、約束する……。わ、私が、腹を切ってでも……」

「侍の腹切りなんか信用できね」

政が、数馬ではなく兵士郎をじろりと見て言った。

「この男は、家老衆の溝口内匠《たくみ》様の婿だ。おれの嘆願では通じずとも、この男の嘆願であれば家老衆も耳を傾ける」

兵士郎が請け合い、辻斬も大きくうなずいた。

「じゃあ、死なせちゃいけねえでしょう。横にしてやりなせえって」

おろしやが語気を強くして言い、兵士郎が、苦痛で呻く数馬の肩を支えながら横たえさせた。

「岩村精一郎という新政府の将兵を、ここで止めればいいのだな？」

「の、狼煙が、あ、上がるまで……。い、色部《いろべ》の、兵さえ、城を、去れば……」

「なるほど。もう喋らなくていい」

兵士郎が言って、他の面々を見回した。

「つまるところ、このおれも、お前たちと同じ立場だったわけだ。おれからも頼む。どうかここを守ってくれ。おれと数馬が腹を切ってお前たちの武功を訴え、必ずや無罪放免にしてみせる」

「そうせんと城下が焼けるって、どうしてだ？　新発田藩が戦するんか？」

政が訊いた。

「城に居座る、米沢藩の兵がだ。そうなれば新発田藩も巻き込まれる。米沢藩の兵が去って狼煙が上がるまでの辛抱だ。城下に住まう罪なき者たちを蹂躙《じゅうりん》させないために、頼む」

「御城にいる米沢藩の家老に、ここのことを教えては？」

だしぬけに二枚目が提案した。数馬が何か言おうとするのを、兵士郎が手振りで止めた。

「加勢に来るわけがない。堅固な新発田城に立て篭もるだろう」

「いいえ、私たちが助かるためです」

二枚目の言葉に、場がしーんとした。

「米沢藩に、新発田藩の企《たくら》みを密告することで、生き延びるか」

爺っつあんが、呟くような調子で言った。

「そっちの家老に、つてがありそうな言い方じゃねえか。まさか、お前さん……」

赤丹が、わざと言いさして二枚目に続きを言わせようとした。

「ご想像のとおりです。勤王一揆の内情を探って、米沢藩の家老に教えていました」

二枚目がしごくあっさり告白した。

「いい稼ぎでしたよ。庄屋の女房に手を出したのも探りを入れるためでしたが、今思えば少々やりすぎましたね。駕籠屋のいうとおり、殺されなかったのは幸いでした」

赤丹がようやく腑《ふ》に落ちたというようにうなずいた。他の面々は、二枚目の何食わぬ態度に呆れた様子だ。

「いっそ米沢藩に寝返りますか。私はそもそもそのつもりでしたがね」

辻斬が、楽しげに数馬へ言った。

「愚策だ。間者がいたことを米沢藩は隠す。始末されるうえ城下が戦場になる」

兵士郎が、腹立たしげに返した。

「少しは生き延びる筋道があるかと思って話しただけです。米沢藩と新政府軍が戦になるのであれば、逃げる隙はありそうですからね――」

「これは、いったいどうしたことだ」

唐突に、屋形の戸口で声がした。一人で見張りをしていた総七だった。

「万之助殿が脱走しようとして三途を斬り、数馬に撃たれたのです」

兵士郎が端的に告げた。瀕死の万之助が、台所で弱々しく呻くのが聞こえた。

総七は、胸がすっとしたというように鼻を鳴らした。

「うるさく脱走を咎めた本人があのざまとはな。さては、その騒ぎで聞こえなかったな。いや、ここまでは声が届かんわけか」

「声とは？」

兵士郎が訊いた。

「あちらの新政府軍が、こちらに降伏を呼びかけている。一刻（二時間）の猶予を与えるので、人質を解放して降れとな。そうすれば一切を不問に付すだけでなく、あちらの軍に迎え入れてくれるそうだ」

総七が、淡々と告げた。いかにも疑ってかかっている様子だが、それでまたしても、場が静まり返っていた。

四

「新発田藩、米沢藩、新政府軍。いずれが生きる筋道か？」

爺っつあんが、ぼそりと呟いた。

「サイコロで決めてえ気分だ。必ず生き筋の目が出るサイコロがありゃいいんだが」

赤丹が言って、南門のほうを眺めた。

重傷の三人を屋形に置いて、全員が澄み切った青空の下に出ていた。

血の臭いにうんざりしていただけでなく、門の上の人質が妙な真似をしていないか遠眼鏡で見て取るためだ。誰か見張りに行くべきだが、これからの行動が決まらないうちは全員がその場を離れられなかった。

「新発田藩だ。数馬ならば家老衆に直談判《じかだんぱん》できる。他に道はない」

兵士郎が、説得するように言った。

「おれと爺っつあんは、その家老衆から睨まれてるんですよ」

赤丹が、申し訳なさそうに額を掻《か》いた。

「御家老に喧嘩でも売ったのかい？」

三味線は冗談で訊いたが、「そうだ」と爺っつあんに返され、目をまん丸にした。

「この藩の家老衆は、どなたも大の博奕好きでな。おれと爺っつあんが世話になってた組の賭場に、しょっちゅうお忍びで遊びに来てなさったよ。だが今の藩主が急に博奕を厳しく禁じたもんだから、家老衆の悪い遊びがばれちまった。これには藩主もお困りだ。家老衆をまとめて咎めるわけにも、見過ごすわけにもいかねえ。で、どうしたかって？」

赤丹が間を空け、にやりとして自分で答えを口にした。

「家老衆をお咎めなしにして、組の頭と配下の全員を斬首にしたのさ。家老衆を脅すためだが、頭と配下の女房子どもは、揃って飢えるしかねえ。これはちょいと不公平だと思ったね。それでおれと爺っつあんが、家老衆の御子息どもを賭場に招いて、片っ端からいかさまで巻き上げてやった。御子息どもときたら親顔負けの張り方をするもんだから、家が傾くほどの銭を吐き出してくれたよ。そうして得た銭を、残された女たちに渡して、付き合いのある別の組へ逃がしたわけだ」

兵士郎が、あんぐり大口を開けて言葉を失うのをよそに、三味線が笑った。

「どいつもこいつも命知らずばかりだねえ」

「流れ者の身で、少しは人の役に立てた」

爺っつあんが、感情のない声で呟いた。

「おれは根っからの風来坊だが、こちらの爺っつあんは実のところ、京で禁門《きんもん》の戦にも加わったもののふだ。こんなやくざ者のおれとたまたま出会わなきゃ、今も侍のままだったかもなあ」

赤丹が誇らしげに口にし、爺っつあんから、じろりと睨まれた。

「禁門の戦だと!!　なんとすごいことだ!!」

辻斬が羨望の声を上げたが、

「朝敵となり、ともがらは散り散りに逃げ、年をとった者は置き去りにされた」

爺っつあんは、何がすごいのだと言わんばかりに返し、南門を指さした。

「まずは新政府軍から、生き筋か否か、試すほうがいい。僅かでも、ときを稼げる」

「ということは出は長州か？」

辻斬がしつこく続けようとしたが、誰も聞かなかった。

「こちらを誘い出す気だ。投降しても殺されるだけだぞ」

兵士郎が断言した。

「降るとみせ、あちらの大将と刺し違えれば、上策となる」

造作もないことのように爺っつあんが言って、全員を瞠目させた。

「足止めが目的であろう。そんなことをしては恭順どころではないぞ」

実情を知ったばかりの総七が慌てて遮ろうとした。

「ただしそう上手くいかぬだろうから、橋を焼いて、次策とする」

爺っつあんが、誰も発言していないかのように続けた。

兵士郎がうなずき、総七を見た。

「おれは反対しておらん。入江様と荒井が橋を落とさせなかった理由もわからん」

総七が、その点は自分の意見を求めなくていいというように手を振った。

「完全に進軍を阻んで、のちのち恭順の意を疑われることを恐れたのだろう。それに、我々が全員無事では、後始末が面倒になります」

兵士郎が、感情を抑えてそう口にした。

「よーし、そんなら、もうあの橋を大事にしたがる人はいねえってことですな」

赤丹が、喜ばしげに両手を叩き合わせた。

「あの頑丈な吊り橋を切り落とすのは手間ですが、くそうずにつけた藁《わら》や布なら、盛大に燃えるとノロが教えてくれましたしね」

二枚目が言うと、ノロが嬉しそうに「ぼぼー、火ぃー」とわめいて笑った。

「みんないっぺんにあっちに行って橋を焼くんか？」

政が、具体的に何をすることになるかわからず訊いた。

「こちらの半分、人質の半分で行く」

爺っつあんが答え、兵士郎が眉をひそめた。

「人質を三人も残しては、降ったとみなされんだろう」

「人質全員と見せかける。それと、土産の首を持ってゆく」

爺っつあんが、屋形のほうへ顔を向けた。

「ちょうど、そろそろ死んでいそうな侍が一人いるな。あちらの勘違いに付き合い、長岡藩の侍の首だと言い張るか」

辻斬が浮き浮きと言った。

「あたしらが侍の首をとったりしたら、御家老たちが機嫌を悪くしそうだけどねえ」

三味線が口を挟んだ。

「おれがやろう。新政府軍に撃たれて腹を切ったことにする。せめてもの介錯《かいしゃく》だ」

総七が率先して請け合った。

「首切り人さんも、とんだ災難だねえ」

三味線にからかわれたが、総七は怒りもせず恬淡《てんたん》としている。

「お前たちの見張り役のついでだ。それに家老衆の企みを知ってしまった今、自分だけ関係ないとは言えん。三途も楽にしてやるか？」

「生かしてあげてえと思わねえんですか？」

おろしやが腹を立てたように聞き返した。

「苦しませぬようにと思ったまでだ」

総七が言って屋形に入り、兵士郎、辻斬、爺っつあんが続いた。他の者は外で待っていた。すぐに瀕死の万之助と、明らかに死んでいる三途が運び出された。

「すぐに傷を焼けば血を止められたんだ。誰かが火を焚《た》いてくれてたら」

おろしやが無念そうに三途の死に顔を見下ろした。

「焼灼《しようしやく》の痛みで、心の臓がもたずに死んだだろう」

爺っつあんが、おろしやの肩を叩いて慰めた。

「い、いやだ……、帰らせてくれ……」

ぐったりと血の泡を吐きながら懇願する万之助を、辻斬が支えて首を垂れさせた。

「この傷では助かりません」

兵士郎が、万之助へ言い聞かせた。

「……いやだ、母上、おみつ、小一郎《こいちろう》、さえ、きね……」

万之助が、未練がましく、家族の名を呟いた。政とおろしやが目を逸らし、引導が念仏を唱え始めた。

「家族には、名誉を重んじて死んだと伝えてやる」

総七がそう言って刀を抜いて振り上げ、見事に万之助の首を斬り落とし、闘争で血にまみれた地面に、新たな血がまき散らされた。

引導が念仏を唱え続け、三味線とノロを除く面々で、二人の亡骸《なきがら》を墓地へ運んだ。

そこにはすでに先の闘争で殺した十五人もの亡骸が並んで横たえられ、まばゆい日差しのもと、死臭を発して蠅《はえ》にたかられていたが、土をかぶせてやる余裕はなかった。

「あんた、殺し合いが馬鹿馬鹿しいと思ったから、お侍をやめたんでねえのか？」

おろしやが、腹立ちまぎれといった調子で、爺っつあんに問うた。

「お前の志は尊い。ここを生き延び、より多くの者を救え」

爺っつあんは、質問には答えず、そう言ってまたおろしやの肩を優しげに叩いた。

「ここであいつら止めらんねば、本当に城下が焼かれるんだな？」

政が、亡骸の群に目を向けたまま、傍らの兵士郎に訊いた。

「そうだ。城攻めの邪魔になるものは全て焼き払われ、無辜《むこ》の民が大勢犠牲になる」

りん、と鈴の音が聞こえた気がして、政は右手の小指を、左手でそっと握った。

すまねえ、おさだ。おれはこの先もっと約束を破ることになりそうだ。政は心の中で詫びた。だが、こうしてそばにいて守ってやれないのなら、ここでやれることをやるしかなかった。おさだを襲った侍たちの代わりをしていると思うと何とも皮肉だが、躊躇いはなかった。今はこれが、おさだにしてやれる精一杯のことだった。

五

「投降する！　撃たないでくれ！　そちらに人質を連れていく！」

南門から兵士郎が出て、大声で告げた。二刀を腰に差したままだが、右腕を血まみれの布で首から吊るし、もはやまともに戦えないとみせかけていた。加えて、胴丸に描かれていた長岡藩の紋を乱暴に削り落とし、もうその麾下《きか》にはないと暗に告げている。

兵士郎は辛そうに身を傾がせて三ノ丸へ進み出て、壊れてがたがたになった外門をくぐり、吊り橋のたもとに立った。

対岸にずらりと並ぶ新政府軍の兵が、誰も銃撃しないのを確かめてから、ずだ袋を首にかけた爺っつあんが、六人の人質を連れて南門から出てきた。

人質は一様に顔に布をかぶせられ、体の前で手縄をされたうえ首縄で一列につながれている。布越しに多少は見えるらしく、六人とも足下に顔を向け、歩調を合わせて進んだ。

この六人のうち前の三人は、正虎とその兵で、布の下でくつわをされている。後ろに続く三人は、辻斬、政、赤丹だった。人質から奪った衣服と履物を身につけ、手縄も首縄も、強く引けばすぐに解けるよう、爺っつあんが結んでいた。

爺っつあんたちが出てすぐ、南門が閉じられた。その内側にいるのは、くつわをされて縛《いまし》められた褌《ふんどし》一枚の人質たち三人と、総七、ノロ、三味線だ。

引導、おろしや、二枚目は、外門と吊り橋を見下ろす土壁の裏側で、桶いっぱいのくそうずと、それにつけた藁束、いつでも火をつけられる松明《たいまつ》とともに潜んでいる。

兵士郎を先頭に、爺っつあんが人質を引き連れて、ぎしぎし音を立てて揺れる吊り橋を渡った。先の戦闘で多数の兵が武具を備えて渡ったが、桁も踏み板もびくともしていない。人質たちは歩きづらそうだったが、手縄をかけられた両手で吊り縄をつかんで身を支え、誰も足を踏み外すことなく、無事に渡り終えた。

「新発田藩藩士、鷲尾兵士郎だ。降伏し、人質を引き渡す」

兵士郎が告げ、橋そばで片膝をついた。さも身が痛むというように大げさに顔をしかめながら、左手だけで二刀を腰から抜いて地面に置くと、その姿勢のまま、遠巻きに銃や刀を手に並ぶ新政府軍の隊列と、隊長の正鷹を見つめた。

爺っつあんが人質を横一列に並ばせると、同じように片膝をつき、ずだ袋から万之助の首を出して、地面に置いた。

「砦を取り仕切っていた、長岡藩藩士の首だ」

兵士郎が言った。

新政府軍の後方から、一人の兵が杖をつきながら坂を下りてきて正鷹のそばに立った。そいつは数馬が始末したと偽った昨夜の斥候の生き残りで、

「新発田藩の藩士と名乗った男です。あの首は見ていません。長岡藩の藩士と名乗った男とは違います」

と正鷹に教えた。

「その男は、刺されて瀕死の身だ。この男が監察として砦内を取り仕切っていた」

「監察の名は？」

正鷹が、兵士郎へ問うた。

「荒井と名乗っていた。それ以外のことは知らない」

「知らないだと？」

「新発田藩の人間は、何も知らされていないのだ。あの砦の普請を命じられただけで、錦旗に逆らう気は毛頭なかった」

「なぜ、あの大門は閉じた？　残る者はみな抗戦するということか？」

「違う。本当に迎え入れてもらえるとわかれば進んで開く。お願いだ、助けてくれ。我が藩は、同盟に脅されている。従わねば殺されるので仕方なく戦っただけだ」

「それがいやで、逆に殺したか」

ふいに、正鷹の背後から、精一郎が現れて言った。ついで荘一郎がその傍らに立ち、配下の兵とともに精一郎を護衛した。

「そうだ。そちらの大将、岩村精一郎殿か？」

「監察の名は知らぬのに、おれの名は知っているのか」

精一郎がおかしげに言った。

「荒井なにがしが、たいそう憎んで名を口にしていたのだ。我々は、恭順を示す。新政府軍に加えてほしい」

「つけあがるな！　さっさと人質をこちらに寄越せ！」

正鷹が怒鳴ったが、

「まあ待て」

精一郎に腕を叩かれ、憎々しげに口をつぐんだ。

「話がまとまらねば、人質もろとも断崖から飛びそうだ。おれも無用の殺戮《さつりく》は好まん。お前たちに訊きたいことがあるので正直に答えろ」

「何でも」

「この長岡藩の藩士は、いつここに来た？」

「わからない。我々が来たときにはもういた」

「お前たちは誰に命じられてここにいる？」

「新発田藩家老が、城下に居座る米沢藩家老の色部長門《ながと》に強要されてのことだ」

「色部長門が新発田城にいるのか？」

精一郎が目をみはった。荘一郎も、俄然《がぜん》興味を惹かれた様子だ。

「新潟湊を攻める前に新発田城を落とすか？　色部を討ち取れば、新潟湊の守りは落としたも同然に崩れる」

荘一郎が、精一郎にささやいた。

「新発田藩の藩主ごと討つことになるな」

「この者たちのように進んで降るのでは？　新発田藩兵の士気は低そうだ」

荘一郎の意見に、ふむ、と精一郎が呟いた。

「よし、お前たちと砦の生き残りは助けよう。新発田城まで案内はできるな？」

寛容な調子で精一郎が訊いた。さすがに兵士郎が反射的に口をつぐんだが、

「むろんのこと」

爺っつあんが即答した。

「杉山参謀！　話が違います！」

正鷹が、眉を逆立てて荘一郎に詰め寄った。

「落ち着け、鷹。まだ人質も戻っておらんのだぞ」

荘一郎がたしなめたが、正鷹は聞かなかった。

「戻ったも同然です。今すぐ殺しましょう」

「やめんか馬鹿者。もう少し聞き出してからだ」

精一郎が、呆れ顔で正鷹の肩を押しやった。

その彼らの様子を、爺っつあんが淡々と見て取りながら、背後に手を回し、帯の後ろに隠していた火縄入れを引っ張り出した。

「やはり死に筋だ。大将をやる」

そう仲間に告げ、火縄入れの蓋を開いて火口を宙に差し出した。

辻斬、政、赤丹が、さっと縄を解いて顔から布をむしり取り、懐から異臭を放つ玉を出すと、爺っつあんが持つ火に、導火線を次々に押しつけた。

精一郎と荘一郎は、正鷹を宥めることに気を取られ、異変に気づくのが遅れた。

「おい、何の真似だ！」

荘一郎の側近が先に気づいて咎めたが、そのときには三つの玉が、高々と彼らの頭上へ投げ放たれていた。

「伏せろ！」

荘一郎が瞬時に判断し、精一郎と正鷹の襟をつかんで地面に引き倒した。

直後、途方もない爆音が立て続けに轟き、火と散弾の豪雨が、新政府軍の兵たちに浴びせられた。何十人という兵が衝撃で倒れ、その倍の兵が耳をつんざかれる苦痛で身を屈めた。着衣を焼かれた者たちが狂乱して走りもがいて仲間に激突し、そのせいでかえって火を大きくし、周囲の者に移していった。

混乱のさなかに、兵士郎は右腕から布を外し、地面に置いた太刀を抜くと、まっしぐらに精一郎に向かって駆けた。

辻斬は、隣の人質の両肩をつかむと、邪魔なものでもどかすように、断崖へ放り出した。悲鳴を上げるそいつに引っ張られて、先頭の正虎ともう一人が倒れ、引きずり落とされないよう必死に這いつくばった。

その三人を捨て置き、辻斬は兵士郎が残した脇差しを拾い上げ、刃を抜きながら同じく精一郎目指して走った。

政と赤丹は、火をまといながらこちらへ駆けてくる兵たちを蹴倒して刀槍を奪い、倒れた者の首や胴丸の隙間を刺して傷を負わせ、とどめを刺す間を惜しんで、やはり精一郎がいるほうへ向かった。

爺っつあんは、ずだ袋から玉を取り出し、火縄で導火線に着火すると、精一郎が下がろうとする後方の坂の藪目掛けて、思い切り投げた。玉は、坂の中腹の辺りで爆発し、そこに詰めていた兵たちをなぎ倒すだけでなく、藪に火をつけ、さらなる混乱をもたらした。

爺っつあんは、火縄入れを帯に戻し、ずだ袋を取って橋のたもとへ投げた。それから無造作な足取りで歩み、右往左往する兵の一人に狙いをつけ、その喉に手刀を突き込んで膝をつかせ、そいつが落とした槍を拾い、ぶん、と鋭く音を立てて振るった。

「元、長州藩槍術指南役、小柴彦八郎《こしばひこはちろう》が参る」

誰にも聞こえない小声で呟き、楽しげな笑みを浮かべて、爺っつあんもまた槍を肩に担ぎ、精一郎がいるほうへ駆けていった。

新政府軍に対する奇襲はそれだけではなかった。

砦の南門の上では、総七が手持ちの四挺の銃を次々に手に取り、隊列が崩れきった兵たちに横殴りの銃撃を加えた。撃ち終えた銃は、ノロが驚くばかりの早業で火皿に口薬を足し、槊杖《さくじょう》を使って火薬と弾丸を込めて並べ直した。

彼らのそばでは、褌一枚の人質三人がくつわを嚙まされた状態で立たされ、恐怖で震える三人の尻を眺めながら、三味線が楽しげに楽器を奏でている。

他方で土壁の裏に潜んでいた引導、おろしや、二枚目は、藁束と桶を抱えて壁の外側へ滑り下りると、吊り橋の半ばにまでせっせと藁を撒き、くそうずを撒いた。

敵陣へ突っ込んだ兵士郎をふくむ五人は、荘一郎に引きずられてどんどん後方へ下がる精一郎を追って、妨げとなる者たちを容赦なく斬り、刺し貫き、殴り倒した。

正鷹が、隊列を戻そうとし、太刀を掲げて怒号を上げるのへ、辻斬が襲いかかり、その顔を脇差しで撫で斬りにした。正鷹は、左目もろとも鼻柱を斜めにばっさり切り裂かれ、血をしぶかせて太刀を取り落としたが、代わりに腰から外国製の拳銃を抜き、でたらめに撃ちまくった。弾丸の大半が宙へ消えたが、一発が辻斬の左頰と左耳を引き裂いた。

辻斬は、その拳銃をつかみ取ろうとし、さらに左手の中指と薬指を撃ち飛ばされたが、構わず残る指で正鷹の右手首をつかみしめ、押し倒して相手の首の付け根に脇差しを刺し込んだ。正鷹は、撃ち尽くした拳銃を落とし、まなじりが裂けんばかりに目を見開いて辻斬の身を押し返そうとした。

だが辻斬は自分から身を引くと、脇差しの柄頭《つかがしら》を思い切り足の裏で踏みつけた。脇差しは鍔元《つばもと》まで刺さり、正鷹の首を地面に釘付けにしてしまった。

顔面を血に染め、口からも大量の血を吐き、首から上を真っ赤に染めてもはや誰かもわからない有様となった正鷹を尻目に、辻斬は落ちた太刀を拾い、そばにいる兵へものも言わず跳びかかった。

政は槍を棍棒《こんぼう》のように振るって、両手に刀を持ってぶん回す赤丹とともに、とにかく目の前にいる者を力任せに殴り倒し、踏みつけ、突き飛ばして前へ進んだ。どいつも炸裂で狼狽《うろた》えているうえ、政たちが身につけているものが周囲の兵と同じであるため、咄嗟《とっさ》に敵と分からず無防備なままでいるのが大半だった。だが、そうした者たちが徐々に炸裂を免れた兵と入れ替わるにつれて混乱が収まり、明白に政たちを敵とみなして襲いかかってくる者が増えていった。

この奇襲で、敵大将である精一郎に最も迫ったのは、兵士郎だった。だがそれでも荘一郎をふくめその配下の兵が何人も間におり、それらを蹴散らして大将首を取るのはいかにも難しかった。

引き際とみたのは爺っつあんで、見事に槍を手繰って兵の足をすくい、顔を叩き砕き、胴丸を貫く勢いで穂先を突き込んで蹴散らしながら、辻斬、赤丹、政、そして兵士郎へ声をかけていった。

「退け、橋を焼く」

赤丹がすぐさまきびすを返し、辻斬が名残惜しげに最後の一人の喉首をかき切ってからそのあとに続いて橋へ向かった。

爺っつあんが前へ出て、槍を猛然と振るうことで、兵士郎の退却を助けた。

政はとどまって槍を振るい、爺っつあんと兵士郎と入れ違いで突撃することで、精一郎と刺し違えられないかと真剣に考えた。だが多勢に無勢で死ぬだけだと思い直し、橋へ戻ろうと決めたところへ、いきなり誰かがその腰にしがみついてきた。

痣《あざ》だらけの顔の正虎だ。自力で這い、そこらに落ちた刀を使って縄を切ったらしい。あと二人いたはずの人質は、引きずられた跡を地面に残して断崖に消えていた。

政はつんのめって倒れかけたが、槍を杖代わりにして身を支え、肘で立て続けに正虎の顔面と側頭部をしたたかに打ってやった。

正虎の両瞼《りょうまぶた》は腫れ上がって目を塞ぎ、鼻と唇は潰れて裂け、上顎と前歯が砕け、左の耳たぶが削《そ》げて垂れ落ちた。だがそれでも正虎は獣のように唸りながら離れようとせず、政はその生肉の塊のようになった顔に肘を叩き込み続けながら、橋のたもとまで引きずっていった。

すでに赤丹が橋を半ばまで渡っており、その後を辻斬、兵士郎の順で追っている。

「急げ、駕籠屋」

爺っつあんが言って、火縄入れをまた出すと、政を待たず、放っておいたずだ袋に火をつけた。いいい、くそうずを染み込ませていたずだ袋が盛大に燃え、橋の入り口に火の壁を生じさせた。

「ちくしょう！　離れろや！」

政は、正虎を引きずりながら、燃えるずだ袋と橋の踏み板の上を進んだ。

正虎の体の下でずだ袋が裂け、その着衣にも火がついて燃え上がった。正虎はたちまち生ける薪と化し、甲高い苦痛の声を上げた。これで手を離すものと政は思ったが、正虎は逆にますます強く腰にしがみつき、もろともに断崖へ落ちようとした。

政は吊り橋の縄を両手で握って落ちないようにしながら、自分の着衣にも火が移るのを見て、慌てて膝で正虎を蹴って離れさせようとした。

「道連れにしてくれるぞ！」

正虎が決死の叫びを上げた。おのれの髪が燃えるのも構わず、政の腰に回した両手をがっちり組み、梃子《てこ》でも離れようとしない。

「あんにゃあ！」

南門の上でノロが叫び、衆杖を持ったまま走って土壁の上へ跳び乗ると、滑り降りていって吊り橋の前に来た。赤丹、兵士郎、辻斬がすでに戻っており、爺っつあんが渡り終えて政と対岸を振り返ったところだった。引導が藁を撒き終え、おろしやと二枚目が持つ松明には火がつけられており、とっくに橋を焼く用意を終えていた。

ノロは彼らの横をすり抜けて橋に乗り、一目散に政がいるほうへ向かった。

「おい、ノロ!?」

赤丹や他の面々が驚き、

「何してんだおめ！　来んな！」

政が怒鳴るのも構わず、ノロは身軽に橋を駆けると、勢いのまま衆杖を正虎の耳の穴に突き入れ、深々と押し込むと、めちゃくちゃにかき回すようにした。正虎の頭がぐらんぐらん揺れ、その手の力が失われていった。

「ノロっ！　馬鹿っ！　さっさと戻ってきな！」

三味線が、南門から身を乗り出して叫んだ。

「危ないぞ！　引っ込んでろ！」

総七が叫んで銃を交換しようとしたところへ、突如として横殴りの衝撃が雨あられのごとく襲いかかり、三味線の体が弾き飛ばされ、立たされていた三人の人質が次々に倒れた。対岸の銃兵たちが、隊長の正鷹が殺されたことに激昂し、南門と吊り橋のほうへ、無秩序に撃ちまくっているのだ。

総七は身を伏せたまま動けず、吊り橋のたもとにいる者たちも柵の陰に釘付けにされた。さらには対岸の坂のてっぺんで二門の大砲が白煙を発し、空を裂く二つの音が迫った。

一つが三ノ丸のど真ん中に落ちて土煙を上げ、ついでもう一つが、外門と土壁をつなぐ柵に命中して撃ち砕き、その陰に隠れていた二枚目とおろしやが、大量の木片とともに吹っ飛んで転がり、二人の手から火のついた松明が転がった。

政は、ようやく腰から正虎の手をもぎ離すと、その燃える巨体の胸ぐらをつかんで掲げた。正虎の背に弾丸が当たって鞭打《むちう》つような音がした。政は火の熱に顔をしかめて耐え、そのまま正虎を盾にしながら、橋を戻ろうとした。

政が急き立てるまでもなく、ノロはきびすを返して駆けようとしたが、飛来した銃弾が、その右の二の腕を引き裂いて血煙を舞わせた。ノロはその衝撃で横倒れになり、吊り縄をつかもうとした左手が空を切った。

ノロの身が、縄と縄の間をすり抜けて宙に投げ出されるのを見た政は、右手で正虎をつかみながら、反射的に左手を伸ばしていた。その手はかろうじてノロの右足首をつかんで落下を防いだが、拍子に政自身も前のめりに倒れ込んでしまった。

「どっかつかまれ！　上がってこい！」

政がわめいたとたん、ぐらぐらと橋が揺れた。新政府軍の兵が、対岸の橋のたもとで燃えていた火をかいくぐって渡って来ていた。

政は力を込めてノロを引っ張り上げようとしたが、その前に先頭の兵が近づいてきて、燃える正虎の死体ごと、政を蹴り落としにかかった。政はそいつの膝を蹴り返して前のめりにしてやったが、その後ろにいる他の兵にも蹴られ、足の裏で押された。ついには四人も五人も狭い足場にぎゅうぎゅうになり、手や足で政を橋から押し落とそうとした。

「橋さ焼けっ！　橋さ焼けえーっ！」

政は、そいつらの足止めのために必死に抵抗しながら叫んだ。

爺っつあんが柵の陰から這い出て、落ちていた松明の一つを取り、橋へ投げた。

目がくらむほどの激しい炎がいっぺんに橋のたもとを包み込み、撒かれた藁束やくそうずをかけられた踏み板にものすごい勢いで火が移り、政がいるほうへ迫った。

兵たちが、わっと驚いて政から離れ、後続の兵を押しやって戻ろうとしたが、そこへ火が襲いかかり、橋の上はあっという間に阿鼻叫喚の地獄絵図となった。

生きながら焼かれる兵たちが暴れもがき、橋が揺れに揺れた。政は自分も焼かれ、橋からずり落ちるのを感じながら、不思議と落ち着いた気分だった。ここを火の海にすることで、おさだがいる場所が安全になるなら、自分ごと焼いても構わなかった。

それでもなお左手はノロの足をつかんだまま、政は死んだ正虎や、焦熱地獄に耐えられず橋から身を投げる兵たちともども、真っ逆さまに断崖を落ちていった。

六

人の身の焼ける臭いが、政の記憶をしきりに刺激した。

浜に積まれた死体が焼かれていた。コロリで死んだ者たちから立ちのぼる火と煙のどこからどこまでが母の身から生じたものかわからなかった。悪臭が不運と不公平とはこういうものだと教え告げるようだった。

政はその煙を睨み、

（お前という宝物をくれたんだ）

かけがえのないものが、たやすく奪い去られるこの世を憎んだ。それでいながら、おのれの身はこの世で生きることに熱心だった。大した病気もせず人一倍頑丈に育った。それが母によってもたらされたものか、自分たちを捨てた父譲りのものかわからなかった。どちらであるか考えるのが怖かった。だが今はそうではない。どちらでもよかった。おさだが微笑んでくれるならこの世の多くのことは自分にとって大した問題ではなくなった。それほどの幸福をどうして自分が得ることができたのかもわかっていた。全てはおさだがくれたものだった。

お前はおれみたいなやつにも笑いかけてくれた。

約束を破ったこと、怒ってるか？

今頃、おれみたいなやつと一緒になったこと、恨んでるんじゃないか？

りん、と鈴の音が聞こえる気がして目を開くと同時に、口から大量の水が噴き出して激しく咽《む》せた。

激しい水の音と、全身に飛沫《ひまつ》が降りかかるのを感じ、自分が滝の中にいるところを想像した。だがすぐに、自分が横たわっているのはどこかの浅瀬で、降っているのは雨だとわかった。肘で上体を起こして見ると、幅の広い急流の川が騒々しく音を立てていた。

溺れなかったのが不思議なほどの激しい流れを見つめながら立とうとして、両手が何かをつかみしめていることに気づいた。

右手は死んだ正虎の胸ぐら、左手は気を失ってぐったりしているノロだった。政は正虎を放り出し、力を入れ続けたせいで痺れる両手でノロを浅瀬から引っ張り上げると、横たえてその細い胸を何度も引っぱたいた。ノロの口が水を噴き出し始めるのに合わせて顔を横にしてやった。

「あんにゃ……」

弱々しくノロが言った。ぐったりと目を閉じたままだが、息はしていた。

政は立ち上がって周囲を見回した。川は急流だが、湾曲しているため内側の岸に浅瀬が作られ、そこに幸運にも打ち上げられたと知れた。とはいえ政一人では急流を流れていったに違いなく、つかんだままの正虎の死体とノロの三人分の体積と浮力があったからこそだった。浜育ちのため泳ぎが得意だったおかげもあっただろう。

なんであれ九死に一生を得たとはこのことだった。もしかなり遠くまで流されたとすれば農兵がうろつく一帯を通り越え、砦詰めからも解放されることになる。とはいえ、それほど流されたならその過程で溺れ死んだはずで、そこまで期待はしていなかった。

　正虎の死体を放置し、ノロを肩に担ぎ上げると、痺れる両手を交互に振りながら河岸を離れ、急峻《きゅうしゅん》な坂を藪をかきわけ木の根をつかみながら上がっていった。降り注ぐ雨で手が滑り、ノロがずり落ちそうになるたび腹立ちまぎれに唸り声をあげ、我ながら呆れるほど丈夫な四肢を駆使して登りきった。

　すぐに見覚えのある道に出た。苦労して大八車を引いた山道だ。案の定、このまま逃げることができるほど流されてはいなかった。

　政は雨に打たれながら立ち尽くし、素直に砦に戻るべきか、夜になるのを待って一か八か逃げておさだのもとに戻るべきか考えた。だが後者を選んだところで、おさだをこの自分が陥ったどん詰まりに引きずり込むだけだった。

　新政府軍が駄目なら、生き筋があるかもしれないのは新発田藩と米沢藩だ。数馬が本当に家老を説得してくれたら自分にもまだ生きる道がある。それに何より、城下で戦が起こると思うと恐ろしかった。大砲や鉄砲の音を、おさだに聞かせたくなかった。戦火に怯えるおさだを想像するだけで胃がでんぐり返しを起こしそうだった。

　結局、砦に戻るしかない。血を見るのも、誰かの断末魔の声を聞くのも億劫《おっくう》だったが、そうするしかなかった。

　政が、のろのろと坂道を登り始めたそのとき、馬の足音が近づいてきた。

　年老いた馬丁が引く馬に乗るのが一見して女性とわかり、政は呆気に取られて足を止めていた。武家の女性が馬に乗るときの出で立ちで、さらに笠をかぶり、簑《みの》を肩にかけている。笠も蓑も農民が使うような品だから、おおかた農兵の詰め所で借りたのだろう。となれば、迷い込んだのではなく、目的をもって山に入ったことになる。

「茂助《もすけ》、止まって」

　女性が言うと、馬丁が、政の前で馬を止めた。

「どうしたのですか？」

　政は咄嗟に何を尋ねられたのかわからなかったが、女性の視線がノロへ移るのを見て、ああ、と呟いて答えた。

「橋から落っこちました」

「もう一つ、尋ねたいことがあります。よいですか？」

　うんともすんとも返さない政へ、女性が思い詰めた顔で言った。

「私は、入江数馬の妻の、加奈《かな》と言います。もし夫が普請をしているという砦を知るなら、そこまで案内をしてくれますか？」

第四章　総踊り

一

政《まさ》はノロを担いで山道を登りながら、これはどういうことだろうと考えたが、武家の奥方の事情などわかるはずもない。しかも数馬《かずま》は家老の婿らしいから、加奈《かな》は家老の娘ということになる。そんな高い立場の女性に直接尋ね、うっかり不興《こうむ》を被るのもいやだった。

必然、馬丁の茂助《もすけ》と言葉を交わすしかなく、小声で尋ねた。

「なんでこんなとこまで来た？」

「加奈様が、数馬様のお勤めの様子をお知りになりてえんだ」

茂助のほうは声を低めることなく答えた。ひそひそ話をすると、加奈から咎《とが》められるのだと知れた。ただ、お勤めというのが、どこまでのことを指しているのか不明だった。砦を普請することだけか、新政府軍を足止めすることか、そのために兵士郎《へいしろう》と十人の入牢人《じゆろうにん》を騙《だま》して詰めさせ、首切り役人の総七《そうしち》まで巻き添えにしたことか。

そもそも、数馬は重傷を負っており、もしかするともう死んでいるかもしれず、その有様を見たときの加奈の反応こそ予測不能だった。怒って一緒にいる入牢人たちを今すぐ殺すよう父親に頼まないとも限らない。そのときどうすべきかまるでわからず、政は、あくまで茂助に話しかけることで、せめて多少なりとも加奈の内心を探ろうとした。

「いい稼ぎになっから、ありがてえよな」

駕籠《かご》かきや馬丁のみならず侍ではない者となら誰とでも共通する話題だった。だが茂助は一度うなずきかけたものの、急いでかぶりを横へ振った。

「茂助は我が家に仕えてくれているのです。いちいち駄賃を払わねば働いてくれないような雇い人とは違います」

加奈が後ろから誇らしげに言った。

政は咄嗟《とつさ》に、なるほどと納得したようにうなずいてみせたが、大いに困惑し、胸の内でそんなわけがあるかと呟いていた。相手がどんなに偉かろうと、武士でもない人間が忠誠心から無償で働くなんてことをしたら飢えるだけだ。農兵隊だって賃金を出さねば人は集まらない。きちんと雇われ、駄賃を手にすることが、侍ではない自分たちの生命線であり、ゆいいつの誇りなのだ。

だが茂助は加奈の言葉を否定せず、政は常識が通用しない気味の悪さを感じ、黙って歩いた。荷は気を失ったノロだけで、加奈は馬に乗っているとあって足を遅くする必要もなく、日が暮れるずっと前に、砦の北門に戻ることができていた。

「おうい！　おれだあ！　駕籠屋だあ！　門を開けろお！」

政が声を張り上げると、ややあって北門の扉が開き、兵士郎が現れた。

「よく生きていたな――」

兵士郎が言いさし、茂助と加奈を見て呆然となった。加奈のほうも、兵士郎がいることに驚いた様子だ。

「あなたもここの普請をしていたのですか」

「は……いかがなされました。このような場所に来るなど、もしや御城に何か――」

「いえ。夫がどうしているか知りたくて来ただけです」

兵士郎は神妙な顔でうなずき、扉を大きく開いた。

「ご案内します。駕籠屋、ノロは生きてるのか？」

「ああ。だが怪我しとる。おろしやは無事か？」

「大砲でやられかけたが無事だ。ただ二枚目と三味線が深手を負った」

政は、加奈の乗る馬の後に続いて砦に戻り、血と煙の臭いに改めて顔をしかめた。

加奈も口元を手で覆い、砦内の惨状に愕然としている。どうやらこの奥方は、ここでの務めのことはろくに知らないらしいと政は思った。

屋形に近づくと、引導《いんどう》が中で念仏を唱えているのが聞こえた。加奈が馬を下り、兵士郎とともに屋形に入った。茂助は、焼けた厩《うまや》に馬を入れるわけにもいかず、くつわを持ったまま、屋形の戸口の前で雨に打たれながら佇《たたず》んだままだ。

「どっかに馬つないで入れ」

政が言っても、茂助は「ここでいい」と返し、しげしげと辺りを見回している。

「なんということ……」

加奈が声を震わせ、笠《かさ》と蓑《みの》を放るようにして土間に落とすと、板敷きに膝で上がっていった。そばに座っていた総七が、加奈に頭を下げつつ場所を空けた。

「な、なぜ、ここに……」

数馬が、今の姿を妻に見られることを恥じるように顔を歪めた。加奈のほうは、周囲の目など気にせず、数馬の頭を持ち上げておのれの膝に置くと、労りを込めて言った。

「このような命懸けの務めと教えてくださらなかったからです。さあ、ここで何が起こっているのですか。全てお話しください」

「な、長岡藩と、お、同じ轍《てつ》を、踏むわけに、いかないのだ……」

数馬と加奈が話し、兵士郎と総七が沈痛な顔でそのそばに座る様子を、戸口から茂助がじっと見ていた。

政は、茂助を視界の内に置くため、屋形の土間を回って奥の台所そばの板敷きにノロを横たえた。そこからなら、中にいる面々と茂助を視界に収めることができた。

瓶の水で手から血を洗い落としていたおろしやが立ち、「よう生きとったな」と言って疲れた顔で政の腕を叩くと、何も言われずともノロの手当に取りかかった。

「なんとしぶとい男だ。やはり貴様は私が殺さねばならんようだな」

辻斬《つじぎり》が台所に立って飯を食いながら、冗談とも本気ともつかぬ揚々とした調子で言った。どんぶりを持つ左手は指が欠けて巻かれた包帯が血で真っ赤だが、辻斬は気にしたふうもなく嬉々としている。

「おめだけ楽しそうだな」

政が言った。皮肉でも何でもなく、見たままを口にしていた。

「二十九人、確かにこの手で殺した。あと一人で大台だぞ。貴様より多かろう」
顔をしかめる政を、辻斬が鼻息も荒く笑った。政は、この状況で生き甲斐を覚える
ゆいいつの男にうんざりして顔を背けた。
板敷きでは、体中と顔全体に包帯を巻かれた二枚目が横たわり、そのそばでは着物
の上から胸に包帯を巻かれた三味線《しゃみせん》が壁に背を当てて力なく楽器を抱えており、引導
が土間に立って一心に念仏を呟いていた。
「大砲でやられたんだってな」
政が声をかけると、二枚目が唇の端を上げ、掠《かす》れきった声を返した。
「に、二度も、ね……、お、女だけでなく、砲弾にも好かれるたちとは、し、知りま
せんでしたよ……」
「体のあっちこっちに柵の破片が突き刺さったんだ。隠れた場所が三歩違ってたら、
おれみたいに無事だったのに」
おろしやが、ノロの腕の傷を縫いながら口惜《くや》しげに言った。
「あたしも、鉄砲の弾に突っ込まれる日が来るとは思わなかったね。なんだい、二人
とも無事じゃないか。心配して声なんかかけて、撃たれ損だよ」
「ついてねかったな」

政が言った。他にいうべき言葉を思いつけなかった。

「着物を脱がねば、おろしやもきちんと手当ができんぞ」

引導がだしぬけに言った。

「どうせ助からない女の着物を剝《は》ぎたがる外道は、手前《てめえ》のために念仏を唱えな。あいつらがこっちに渡ってきたら、あんたらも明日のお天道様《てんと》を拝めないんだから」

政が眉をひそめた。

「橋は焼いたろ？」

赤丹《あかに》と爺《じ》っつあんが寄ってきて、交互に政の肩を叩いた。

「どうやって生き延びた？」

爺っつあんが訊《き》いた。

「岸の浅いところに引っかかった。橋は――」

「橋桁は火で焼け落ちたが、渡し綱が焼き切れなかった」

「雨のせいか？」

「そうだ。あちらの兵が、木を伐《き》って橋桁を作り直している。夜を徹してやれば明朝にも渡れるようになるだろう」

「そっか。ついてねえな」

赤丹が肩をすくめて割り込んだ。

「そうとも限らんさ。あっちは雨で大砲が使えん。外国製の鉄砲であっても、よっぽど雨に慣れた銃兵じゃねえと撃てやしねえ。今ならまだ手を打てる。それに、入江《いりえ》の旦那の奥方が現れたのも、つきが巡ってきた証拠かも――」

政は赤丹の話を聞きつつ、茂助が戸口からいなくなるのを見て移動した。

「どうした？」

赤丹が、爺っつあんと一緒についてきて訊いた。

「あの馬丁、銭ももらわずここまで馬引いてきたんだと」

「ほう」

爺っつあんが呟き、通りがかりに、壁にかけられた縄束の一つを手に取った。

屋形を出ると、馬がつながれもせず、雨の中をうろうろしていた。血と煙の臭いのせいで落ち着かないのだろう。馬丁を探すと、北門を開いて出ていくところだった。

政が走り、北門を飛び出すと、馬丁が脱兎《だつと》のごとく坂を走り下りるのが見えた。政が脚力で負けるはずもなく、あっという間に追いついて背後から茂助の首と体に腕を回して捕まえた。じたばたする茂助を軽々と運んで戻ると、爺っつあんが早業《はやわざ》で後ろ手に縛《いまし》めた。そうして茂助を引っ立てて屋形に戻り、加奈を仰天させた。

「いったい何を⁉」

「さて、私らにもさっぱりで。急にこいつが逃げていっちまったもんで、こっちの駕籠屋が捕まえたわけでして」

赤丹が言うと、加奈がそっと数馬の頭を板敷きの上に戻し、戸口に歩み寄った。

「本当ですか？」

切るような鋭さで茂助に問うた。

「こ、こいつが、あんまりにも、こっちを睨むもんで」

茂助がおどおどと言い訳した。

「お前が怪しいから見てただけだ。睨むってのはこうすんだ」

政が屈み、殺気を込めて茂助を睨み据えた。

「睨まれて不安になるようなことでもあるのですか？」

加奈が土間に下り、震えながらうつむく茂助の頰を、激しく引っぱたいた。

「答えなさい、茂助。長年仕えてきた、あなたの忠心はどこにいったのです」

苦しげに顔を上げる数馬をはじめ、その場にいる全員が黙って事態を見守った。

「そんなもんあっかよ！　銭ももらえねえで、こき使われちゃたまんねえよ！」

茂助が泣きながら吠え、加奈が引っぱたき返されたようにのけぞった。

「そんでどうした？　素直に白状すりゃ、悪いようにはしねえ。何しろここにいるのは牢から出してもらう代わりに働かされてる入牢人ばっかりだからな。お前もちょいと働けば許してもらえるかもしれんぜ」

赤丹が、優しく茂助の肩を撫でながら説き伏せにかかった。加奈はすでに仔細《しさい》を数馬から聞いていると見え、入牢人という言葉にも驚きを示さなかった。

「そうだぞ。怪我をすれば治療してくれる医者も、死んだら念仏を唱えてくれる拙僧もいるから安心しろ」

引導が、屋形の奥で声を上げて会話に加わろうとしたが、誰も相手をしなかった。

「米沢藩の人から、溝口《みぞぐち》家のことを、色部《いろべ》っていうあっちの御家老に話せば、銭をもらえるって言われて、そうしたんだ！」

茂助が、何が悪いと言いたげに、また泣きながら吠えた。

「ふふ……そ、その人と、よ、米沢藩に、駆け込みますか……、ふふふ……」

二枚目が、横たわったまま掠れた笑い声を漏らし、苦しげに咳き込んだ。

数馬と加奈は揃って呆然となっており、兵士郎と総七が立って顔を見交わした。

政も意表を衝《つ》かれ、赤丹や爺っつあんと無言でどうすると目で尋ね合った。

生き筋かもしれない相手の一つが米沢藩だった。他方で加奈は、新発田《しばた》藩家老の娘である。奇《く》しくも、二つの相容れない生き筋たる存在が目の前にあった。

だが政たちがそう思ったのも束の間、そのうちの一つが、即座に消し去られた。

加奈が、立てかけてあった剝《む》き出しの万之助《まんのすけ》の太刀をつかみ、もろに返り血を浴びることも気にせず、問答無用で茂助の頸《くび》を撫で斬ったのだ。

激しく噴き出す血に、うおっ、と政は赤丹とともに驚いて跳びすさった。爺っつぁんが茂助の頸をつかんで止血しようとしたが、無駄と悟ってすぐに手を離すと、血がそれ以上、屋内に飛び散らないよう、茂助の体を外へ放り出した。

「生き筋が、また一つ減っちまったねえ。最後の一つも、死にかけてるよ……」

三味線が、撥《ばち》を弱々しく振って楽器を鳴らし、自分も死相を顔に浮かべながら、横たわる数馬へ笑いかけた。

「私が夫の務めを果たします」

加奈が刀を壁に戻し、顔についた血を袖で拭うと、板敷きに膝と手をついて、凜《りん》として声を上げた。

「この私が、あなた方の助命嘆願をします。父に茂助の首を渡せば、米沢藩家老を詰問し、きっと城下から去らせるでしょう。そうして必ず狼煙《のろし》を上げさせ、夫があなた方に約束したことを果たします。この私の命をもって誓います。だからどうかお願いいたします。ここをお守りください。城と城下を戦火から免れさせてください」

数馬が苦痛に呻《うめ》きながら這って加奈のそばに寄り、力を振り絞ってともに座った。

「か、加奈、には……わ、私の、く、首も、持たせる……。こ、木暮《こぐれ》殿、か、介錯《かいしゃく》を……。そ、そして、加奈を、ぶ、無事、お、御城に……、た、頼みます……」

総身を震わせて言う数馬の手を、加奈が涙を流して握った。

「承知」

総七が頭を垂れた。

「わ、私の首も、どうぞ……」

二枚目が、ひゅうひゅう苦しげな息をこぼして割って入った。

「さ、さんざん、人を食い物にしてきた男の、首ですが……、よ、米沢藩の家老を、出ていかせる役に、立つでしょう……」

引導が念仏を再開し、ノロの手当を終えたおろしやが、腹を立てて消毒用の焼酎が入った茶碗《ちゃわん》を壁に投げつけ、砕き散らした。

「どいつもこいつも馬鹿ばっかだ！」

爺っつあんが歩み寄って、おろしやの肩に手を置いて宥《なだ》めた。おろしやはその手を振り払うと、土間に立って壁に向かい、みなに背を向けた。

「外は雨だが、いいか？」

兵士郎が訊くと、数馬がうなずいた。

「血を、洗う手間が、省けますね……」

二枚目が掠《かす》れ声で笑い、それが最後の言葉になった。

兵士郎、総七、赤丹、爺っつあん、政、辻斬、引導が、戸板にまず数馬を横たえて外に運んだ。ノロはまだ気を失っており、

「おめも連れてってくれと頼んだらどうだ。医者に診てもらえば助かるかもしれん」

おろしやが、壁を向いて立ったまま、三味線に言った。

「死にかけの女郎を連れてくわけないだろ。医者はもういるし、念仏は唱えられる腐れ坊主もいる。それに、夫がどんなふうに死んだか、よくわかったよ。あんたの言うとおり、どんだけ馬鹿だったかがね」

それで満足だというように、三味線が侘《わび》しげに楽器を奏でた。

おろしやがまた黙り込み、壁に額をつけてすすり泣いた。

兵士郎が、数馬の体を支えて地面に座らせ、総七が刀を振り上げた。もうおのれの腹を切る力も残っていない数馬は、最後に戸口に立つ加奈へ微笑みかけた。

加奈が目に涙を溜めて微笑み返した。

数馬が瞼《まぶた》を閉じてうなだれた。

その首を、総七が一刀のもとに斬り落とした。

加奈が、よろめいて後ずさり、板敷きに座り込んだ。総七が、雨に洗われた首を持ってきて、数馬自身の羽織《はお》りで包んだ。それを渡された加奈が膝に置いて抱きしめた。

続いて、同じように二枚目が運ばれ、そして首を落とされた。

最後に、死んでいる茂助の首も落とした。

引導が念仏を唱え、残された三人の胴を、みなで墓地に運んだ。

加奈が笠をかぶり、蓑を肩にかけ、総七の助けを得て馬に乗った。三つの首のうち、数馬のものを加奈が抱き、残り二つも羽織りに包まれ、鞍《くら》にくくりつけられた。

「後日、臆病者の誹《そし》りを受けるのは御免だ。加奈殿を送ったら、ここに戻って来る」

総七が、馬のくつわを取りながら言った。

「いえ、それより加奈殿を助け、御家老を説得できるようお願いします。それがこちらの最後の生き筋です。それに、木暮殿までここで逆賊の誹りを受ける必要はないでしょう」

兵士郎が言った。

「首を落としに戻られちゃたまりませんからねえ」

赤丹が自分の首を撫でて茶化した。

総七が大きく溜め息をつき、その場に立つ男たちへうなずきかけ、加奈を見た。

馬上の加奈がうなずき返し、砦に残る者たちへ丁寧に頭を下げた。

総七と加奈が北門から去るのを、男たちが雨に打たれながら見送った。

ふいに屋形から、わんわん泣く声が聞こえてきた。ノロが目覚めて、今の三味線の姿を見たと知れた。

「さてと。もう一つ何か手を打たなきゃ、おれたちみんな、半日か一日の命だ」

赤丹が言うと、爺っつあんが南門のほうを振り返り、新政府軍が陣取る坂のさらに高所にある崖に指先を向けた。

「ノロが、あそこに興味を示していた。何があるか、訊いてみよう」

二

「どどーん、ぼー、火ぃー、ししし、ぼーぼー、火ぃー」

ノロが雨の中で小躍りしながら、屋形の前の井戸と、彼方《かなた》の崖を交互に指さした。

「雨で煙ってよくわからんが、確かに何か建ってるな」

赤丹が、遠眼鏡《とおめがね》で崖のほうを覗きながら言った。

「単に何かを祀《まつ》っていた跡ではないのか？」

兵士郎が呟き、目をしばたたかせて遠眼鏡を辻斬に渡した。

「くそうずはあるとき急に湧き出すものではない。出る場所では掘れば必ず出る。出ない場所では決して出ない。ここの井戸を掘った者は、くそうずが出ると知って、あえてあの深さまで掘った。敵を退けるため、くそうずを地に撒くなどし、火攻めに用いたのだろう。同様のものが、あそこにあるとノロは見ているようだ」

爺っつあんが言ったが、他の男たちは疑わしげだった。

「あんな崖の上に、くそうずが出る井戸なんか、わざわざ掘ったって言うんか？」

政が、信じがたい思いで口にし、

「まさか、あの崖の下にいるやつらを焼くためだって言うんでねえよな？」

おろしやが不機嫌そうにそう付け加えた。

「昔見た長門国《ながと》（山口県）の古砦に、そうした備えがあった。明人《みん》の海賊が作り方を伝えたそうだ。そのとき見たものはすでに使えなくなっていたが、ここの井戸からまだくそうずが取れるなら、あの崖にあるものも生きているかもしれない」

その途方もない考えに、政は感心させられたが、一つ大きな問題があった。

「崖のあっち側にあんのにどうすんだ？　鉄砲でも撃って火つけんのか？」

そう訊くと、爺っつあんの亡者のように感情のない目で見つめ返された。いや、今その目の奥に、凄烈なまでの光がやどっていた。それが純粋な覚悟によるものか、それとも常軌を逸する者の狂的な何かなのか、政には区別がつかなかった。

「お前が生き延びた浅瀬がある。そこから川を渡り、崖を登り、敵の側面を衝《つ》く。相手は橋を直すことに気を取られ、こちらの動きには気づかないだろう」

政は何を言われているのか咄嗟にわからず戸惑った。兵士郎と辻斬が目を剝き、赤丹があんぐりと口を開けて絶句した。引導は冗談だろうというように笑いかけて表情を消した。おろしやが、にこにこするノロと、爺っつあんを見比べて力なく笑った。

「馬鹿馬鹿しいどころでねえな。狂ってら」

兵士郎が、おろしやと同感だというように溜め息をついたが、

「井戸が使えなかったとしても焙烙玉《ほうろくだま》を使って奇襲をかけることはできる。勝算が一《いち》分《ぶ》でもあるならやるべきだ。何人必要だ？」

と爺っつあんに訊いた。

「この全員だ。川を渡るにも、井戸を掘り直すにも、人手がいる」

爺っつあんが、みなを見回した。

「日が暮れる前に、狼煙が上がるかもねえ。雨でも狼煙は焚《た》けるんだから」

赤丹が尻込みするように意見したが、自分でも期待はしていない様子だった。

「日が暮れてから出る。それまでに雨はやむだろう」

爺っつあんが淡々と答えた。

「仕方がないねえ。ここにいても死ぬだけだし、あの崖なら狼煙もよく見えらあ」

赤丹が、降参するように両手を挙げて言った。

「夜襲か。大将首をとるついでに十人は殺せるぞ」

辻斬が、舌なめずりせんばかりに言った。

「みな溺れ死なず、崖から落ちて死なず、討ち死にせず、無事に戻れるとよいな」

引導が、自分だけは何があろうと無事であるかのように言った。

「おれは斬り合いはしねえ。途中で怪我をするやつがいたら診てやる」

おろしやが言うと、兵士郎と爺っつあんが揃ってうなずき返した。

政は取り立てて何か口にすべきと思わなかったが、ノロが袖を引っ張って、「あんにゃ！　あんにゃ！」としつこいので、返事をしてやった。

「わかったって。静かにせれ、おれも行くから」

「火ぃー、どどーん！」

ノロが、政の袖をつかんだまま、遊びに行く子どものように楽しげにわめいた。

「さてと。日暮れまで外で突っ立ってるのは御免だぜ」

赤丹が言った。みなで屋形に戻り、竈《かまど》の火を強く焚いて体を温め、食事をとった。

南門の向こうからは、木を伐採する音や掛け声がひっきりなしに聞こえていた。

「出ていく前に、あたしを門の上に運んでくれよ。こいつを弾いてりゃ、あいつらの気を引けるだろ。それと、あんたらが向こう岸で踊るのを最期まで見てられる」

三味線が、湯に芋を砕いて溶かしたものを、おろしやにすすらせてもらいながら言った。

「陣太鼓《じんだいこ》代わりだ。洒落《しゃれ》てるぜ」

赤丹が笑った。日暮れまで三味線の命がもつかわからないという点は誰も指摘しなかった。政は、死んだ三味線を門の上に運ぶことになりそうだと思いながら、みなとともに川を渡るための道具、必要になりそうな槌《つち》や鍬《くわ》、そして刀槍を並べて出発に備えた。

最も必要なものは気力と体力だった。みなが身を横たえて休んだ。ノロは三味線の隣で膝を抱えた。板敷きのどこも血の臭いがした。政は目を閉じると次から次におさだとの思い出がよみがえって切なくなったが、同時にそれが生きる意志と力を心身に湧き上がらせるのに役立ってくれた。こんな場所でおさだのことを思い出すなんて冒《ぼう》瀆《とく》的だと感じたが、そうすることが浅い眠りを平穏なものにしてくれるゆいいつの手段だった。

他の者たちも体を休め、辻斬と引導はいびきをかきっぱなしだった。

「どいつも、よく寝られんな」

おろしやが憎らしげに呟いたが、当人も壁を背にするうち寝息をたてた。

やがて辺りが暗くなり始めた頃、兵士郎と爺っつあんがみなを起こして回ったが、二人に揺さぶられる前に、不思議と誰もがぱちりと目を開いていた。

政は気力と体力が十分にあるのを感じた。竈の熾火《おきび》をそのままにし、用意を調えてみなとともに外に出た。雨は淡い霧雨《きりさめ》になっており、すぐにもやみそうだった。辺りは濃い藍灰色に染まりゆき、色のない影がほうぼうに広がっていった。

三味線はまだ息をしていた。全員で彼女を戸板に載せて南門の上に運び、おろしやがそばに白湯《さゆ》を入れた竹筒を置いてやった。壁の隙間から、新政府軍の兵たちが篝火《かがりび》を焚いて木を伐り、丸太を切り出して橋桁を修復している様子が見えた。

「早いところ踊りを始めておくれよ。あたしがくたばっちまう前にさ」

三味線が最後にそう言って、ぽろぽろ涙を流すノロの頬を軽く叩《はた》いた。

「総踊りを見せてやるぜ」

赤丹が言った。新潟湊で毎年行われる庶民の祭りのことだった。貧しさに喘《あえ》ぐ人々が三日三晩ぶっ続けで踊り明かすことで、次の一年を生き延びることを祈るのだ。

三味線はにっこりし、撥を振った。死にかけた者が弾いているとは思えないほど良い音がした。男たちが南門を下り、閂《かんぬき》を外して地面に置いた。戻ってくるときに門を開く必要があったし、三味線に頼むわけにもいかなかった。

それから大砲で破壊され尽くした柵の隙間を進んで坂を上がった。用意していた縄と丸太を担ぎ、北門を出てから松明《たいまつ》に火をともした。雨はすっかりやんでおり、澄んだ空気に涼やかな虫の音が響き始めていた。

ぬかるむ坂を慎重に下りるうち、政が手を上げてみなを止めた。茂助と加奈に出くわした場所に戻ってきていた。駕籠かきならではの道の記憶を頼りに、自分が藪《やぶ》から這い出てきた地点を正確に探り当てた。

「ここだ。こっから上がってきた」

政が言うと、爺っつあんが縄束を一つ取り、等間隔で手早くこぶを作って握りやすくしたものを木に結わえた。

「この長さで足りるか？」

「ちょっと足らんようだが、降りられんことはない」

爺っつあんがうなずき、政の松明を受け取った。

「あんにゃあ」

心配そうな声をこぼすノロの頭を、ぽんと叩いて、政は縄をつかみ、するすると崖を降りていった。ノロを担いで手探りで上がったときに比べ何ほどの苦労もない。案の定、下の地面までは縄が足りなかったが、簡単に飛び降りられる高さだった。

「降りたぞ。松明くれ」

政が声を低めて言った。上の藪の隙間から爺っつあんが松明をゆっくり左右に振り、そして放るのが見えた。松明は藪に引っかかることなく宙を飛び、政の背後にある石だらけの湿った地面に落ちた。政はそれを拾い、爺っつあんと同じように左右に振った。

まず兵士郎が降りてきた。ノロが身軽に続いた。辻斬と引導が降りてから、丸太を縄でくったものを手早く下ろし、それから、おろしや、赤丹、爺っつあんが現れて地面に降りた。

そこから少し歩いたところに浅瀬があり、正虎《まさとら》の死体がそのままになっていた。死体の耳から突き出た槊杖《さくじょう》を、ノロがつかんでくすくす笑いながら正虎の頭を揺らした。

「骸《むくろ》で遊んでいる場合ではないぞ」

爺っつあんがたしなめ、政の胴に縄を結びつけた。泳ぎが得意な政がまず川を泳ぎ、みなのために綱を渡すのだ。政は道具と武器を置いて身軽になり、身を浮かせるため丸太を横にして両腋の下に抱え、右手に松明を持ち、川に入っていった。

水は冷たく、雨で嵩《かさ》を増し、すぐに腰までつかることになった。次の僅か一歩で、穏やかだった流れが激変し、急流に体ごと持っていかれた。ただし丸太のおかげで体がひっくり返ることもなければ松明を落とすこともなく、顔を水面の上に出し続けていられたが、対岸まで辿り着くのは途方もない重労働だった。

政は右から来る流れに逆らって必死に水を蹴り続けた。激しい水の音が耳を聾《ろう》せんばかりだった。目の前の夜闇は深く、自分が進んでいることを確かめるすべとてないが、振り返って確かめることに意味はなかった。背後の岸では爺っつあんが政の進みに合わせて縄を伸ばしているはずで、恐怖にかられて引き返そうとすれば縄に絡みつかれて身動きが取れなくなる恐れがあった。

対岸に辿り着かない限り生き筋をつかむことはできず、といって容易に達せないことに焦りと苛立ちを覚えたが、それは必ずしも悪いことではなかった。最も退けねばならないのは、徒労感や無力感だった。諦めてこのまま流れに身を任せても死ぬことはなかった。爺っつあんたちに引っ張り上げてもらえるし、代わりに誰かが川を泳ぎ渡る役を担ってくれる。そうした気分が少しでも兆さないよう、政は歯を食いしばり、獣のように唸《うな》りながら泳ぎ続けた。ここで諦めれば、このあと生き延びる意志を捨てることにもなるからだった。見知らぬ者たちと争ってのけるよりも、おさだとの思い出にひたりながら死ぬほうを選んでしまうだろうという予感があった。

政は体じゅうで怒った。獰猛《どうもう》に吠えた。人をたやすく呑み込む夜闇の激流を、逆に食い殺してやるのだと思ったとき、何かに膝を擦《す》って痛みを覚えた。政はその痛みを心から歓迎し、もう一方の膝も前に出して石と岩が混在する川底にあえて擦らせた。丸太に噛《かじ》りつくようにしながら腰を左右に振って流れに逆らい前進した。

そして気づけば、濡れて重たくなった丸太を抱えて、対岸の岩場に立っていた。

政は丸太を放り捨て、全身から湯気を立ちのぼらせながら、初めて背後を振り返り、松明を頭上で大きく左右に振った。思った以上に上流のほうで、複数の松明が振り返されるのが見えた。だいぶ流されたものの、渡りきることができたのだ。

政は松明を掲げて足場を確かめながら歩いて上流へ戻っていった。対岸にいる人々がいる辺りで止まり、縄を結わえられるものを探した。すぐに斜面に生えている水楢《みずなら》の太い幹を見つけ、自分の腰からその幹へと縄を移した。松明を石に立てかけ、両手で縄を引っ張って川面の上にぴんと張らせることで、こちら側の用意が整ったことを対岸に伝えた。

その一本の縄に、別の縄を輪にして自分の身をつないだ七人が、政の分の道具と武器も背負って、次々に渡ってきた。誰かの縄がうっかり解けて流された場合、その者を助けるすべは皆無だった。だが誰一人脱落することなく、辻斬も左手の指が欠けていることを苦にせず渡って来た。

松明を持って渡れたのは兵士郎と爺っつあんだけで、他は両手で渡し綱をつかまねばならなかった。渡し綱もなく泳いだ政に比べてずっと楽なはずだが、とりわけ引導とおろしやが泳ぎに慣れておらず、座り込んで息を整えねばならなかった。

「さあて。ここから崖のてっぺんまで登らねえとな」

赤丹が真っ暗な斜面を見上げた。星明かりのおかげで崖の形がおぼろに見えたが、そちら側の空を覆わんばかりにそびえ立つそれを今いる場所から登ることは、今しがた渡った川より困難に思われた。だが引き返そうとは誰も言わず、新政府軍の兵と出くわさないよう周囲に気を配りながら斜面を登っていった。幸いなことに断崖にぶつかって立ち往生することなく、やがて朽ち果てた山寺が、その裏にだいぶ前から手入れのされていない山道があることを教えてくれた。草に覆われたその山道をなんとか斜面と見分けて進むうち、誰の予想よりも早く、崖を見上げる場所に達することができていた。ちょうど新政府軍の兵が木を伐っているのとは逆側で、反響する声や音がかすかに聞こえた。

山道が途切れてからは慎重に少しずつ崖の上を目指していった。政と爺っつあんが荷と松明を他の者に渡して登れる場所を探し、兵士郎が荷の運搬を指揮した。

草地と岩場が交互に現れ、ときにぬかるみに足を取られそうになりながら、新政府軍の兵に見つかる危険を冒して、険しい坂道を登っていった。

「砦だ」

引導が、はたと足を止めて言った。全員が引導の視線を追った。眼下に、真っ黒い大きな溝のようなものと、星のように小さくまたたく光がほのかに見えた。断崖と、屋形の明かりだった。

「もう少しだ」

爺っつあんが歩みを再開した。人の声、斧や鋸《のこぎり》を使う音がはっきり聞こえてきた。やがて岩だらけの場所に出るとともに、遠眼鏡で見た建物が忽然《こつぜん》と現れていた。

「やっと着いたあ……」

おろしやが座り込み、竹筒の水を飲んだ。兵士郎と爺っつあんが周囲を調べ、新政府軍の兵がいないことを確かめたが、床几《しょうぎ》が一つ置き忘れられているのを見つけた。

「あちらの将が、ここから砦を覗いていたらしい」

兵士郎が用心して岩から顔を出し、坂のてっぺんに陣取る大砲や、橋の修復に躍起になっている者たちを見下ろした。そこからなら坂の反対側と、平地に並ぶ篝火の群も見て取ることができた。負傷兵や骸が見られないことから、坂を越えて平地へ運ばれたらしい。

「誰もこちらへは来ないようだ」

「二人ずつ交代で見張る。誰か来たら口を塞いで殺せ」

「おれが見ている。誰か呼んでくれ」

爺っつあんが兵士郎の肩を叩いてその場を離れた。兵士郎が刀の柄を握って見張りを担ううち、辻斬が来て岩陰から眼下を覗いた。

「ふ、ふふ、これは絶景。大将首がまんまと戻ってくることを願いましょう」

辻斬が、舌と涎《よだれ》を垂らす犬のような顔になって言った。兵士郎は眉をひそめつつ、無言でうなずいた。

古い建物がある場所では、残りの者たちが洞窟に入り、鉄蓋をされた井戸を見つけていた。政と引導が蓋をずらすと、ノロがにたりと笑って爺っつあんを振り返った。

「本当にこんなところに井戸を掘っちまうなんて……」

おろしやが呆れるとも感嘆するともつかぬ声を漏らした。

「とんでもない臭いだな。これをどうするのだ？　くそうずを汲む桶もないぞ」

引導が言った。ノロがそこらをうろうろしたかと思うと、洞窟を飛び出し、斜面を移動して兵士郎と辻斬が潜む場所へ回り込んだ。

「何をしている。おい、頭を下げろ」

兵士郎が慌ててノロの肩をつかんでしゃがませた。

「どどーん」

ノロが這って目の前の土と岩を両手でぺたぺたと叩いた。追ってきた男たちが身を低めてノロの背後に回り込んだ。見上げると、土から木材が突き出しており、崖の一部が崩れてそこにあった建物を埋めたのだと知れた。

「ここを掘れってのか？」

政が這っていってノロの横で土を手ですくった。

「あんにゃあ」

ノロがにっこりした。

「道具を持って来る」

爺っつあんが赤丹、引導、おろしやを連れて建物のそばに置いていた鍬と槌を四本ずつ持って戻ってきた。

政が率先しておろしやから鍬を受け取り、ノロをどかして土を掘った。

松明は建物の屋根の下の土に刺してふもとから見えないようにし、星明かりを頼りに、政、爺っつあん、赤丹、引導が身を屈めて鍬を振るった。

兵士郎、辻斬、おろしや、ノロが、槌の柄を使って梃子《てこ》の要領で岩を斜面から引《ひ》っ剝《ぺ》がし、掘るほどに斜面の上のほうが崩れて男たちをひやりとさせたが、誰も怪我をすることなく、埋もれた建物の残骸を掘り出していった。

そうするうち、ふいに遠くから楽器の音が聞こえてきた。

「三味線だ。早くしろと急かしてやがるぜ」

赤丹が言った。政は無言で土をかき出しながら、もはや嗅ぎ慣れた臭いが漂い出していることに気づいた。

「臭うぞ、臭うぞ」

引導が笑顔で言った。その鍬の先が、土の奥の硬いものに触れて音を立てた。

「何かある」

爺っつあんが、鍬をその何かに沿って動かし、土を取り除いていった。政たちもそうした。やがて現れたのは岩と、それに彫りつけられた荒削りの観音像だった。

「あんにゃ！」

ノロが観音像に這い寄り、つかんで動かそうとしたが、びくともしなかった。

「どいてろ、ノロ」

政がノロの肩を叩いて位置を入れ替え、鍬の先を岩の縁に差し入れ、力を込めた。

岩がいきなり扉のように開いたかと思うと、どっとどす黒い水が溢れ出し、みな慌ててその場を離れた。その異臭を放つどろどろとした水は、兵士郎と辻斬がいた場所のすぐそばから、茂みに覆われた坂へと流れ出していった。

「井戸の横穴が開いたってわけか。だが、大した量じゃねえなあ」

赤丹が、斜面にある建物のほうへ退きながら残念そうに言った。

「どどーん」

ノロが言って、さっときびすを返すと、地面に刺し込まれた松明を一本抜き取り、洞窟に駆け込んでいった。

「おい、何する気だ？」

政が追って洞窟を覗くと、その目の前で、ノロが背に負っていたずだ袋を体の前に回し、中に入っていた玉を残らず井戸の中に落とした。

「あんにゃあ」

ノロが政を振り返ってにっこりし、続けて松明を井戸の中へ放った。

「逃げろーっ！」

政は大声でわめいて洞窟の入り口から跳び退き、地面に伏せた。ノロが俊敏にその後に続いた。洞窟の前で他の面々がたたらを踏み、驚いてめいめい散った。

次の瞬間、山が火を噴いたかのような凄まじいまでの爆発音が起こって崖と夜空を震撼させた。洞窟が目もくらむような臭気を伴う黒煙を吐き出すとともに、彼らが掘り返した井戸の横穴から、まず真っ赤な炎の帯が噴出し、ついで大量の黒い液体が鉄砲水のように溢れ、それらが合わさって巨大な炎の波となり、たちまち崖下の坂に氾濫したのだった。

三

「急報だ。長岡城が奪い返された」

荘一郎《そういちろう》が坂を下りてきて言った。精一郎《せいいちろう》は、橋の修復を監督することに熱心なあまり、うなずいて聞き流しかけ、ついで息を呑んだ。

「なんだと？」

「長岡藩の家老が残党を率いて奪還した。山縣《やまがた》は無事だが慌てて遁走《とんそう》したらしい」

精一郎は目を見張り、秀麗な顔が真っ赤になるほど笑い声を上げ、兵たちをぽかんとさせた。

「ざまあない、山縣め。我々が新発田城と新潟湊を制圧してやらねば、諸隊も進軍できんな」

荘一郎がにやりとなり、精一郎の肩を叩いた。

「雨も上がった。夜明けには橋を渡れる。案の定、やつらは一発も撃って――」

ふいにそこで楽器の侘しい音が響き、荘一郎の言葉を遮り、兵たちの手を止めさせた。

音は南門から聞こえてきた。砦は篝火一つ焚かれず、旗は銃撃で折れ、柵は砲撃で半壊している。廃墟然としたそこから楽器の音が流れ出すのは実に不気味だった。

「手を止めるな！　末期《まつご》の宴《うたげ》をしているに過ぎん！」

精一郎がわめいて兵の作業を再開させた。

「撃ちかけて静かにさせるか？」

荘一郎が訊いた。精一郎が顔を険しくしてかぶりを振った。

「欺くのが得意な連中だ。下手に付き合えばまた兵を失いかねん」

「ここはおれが見ている。本陣に戻って少し寝ろ」

「負傷兵の呻き声がうるさいし、坂の上り下りが面倒だ」

「美食以外は頓着《とんちゃく》せんのは、将兵向きだな」

「何を言うか。あちらに畳と布団を敷くよう命じておる」

「せいぜい枕を高くするのだな」

精一郎は笑い返しながら坂の中腹へ行き、藪と木が切り払われて見晴らしの良くなった場所に身を横たえた。山縣が敗走したことは実に痛快だが、新政府軍全体としては当然ながら決して良いことではない。長岡城の再奪還に兵を割かねばならず、ただでさえ遅れている北進がさらに遅延をきたせば、同盟側が待ち望む冬が訪れ、各所で進撃不能となりかねない。やはり無理を押してでも早々に新発田城を攻めると決めたのは正解だった。米沢藩の家老を討ち取り、すぐさま新潟湊を落とせばこれ以上の功労はない。

精一郎はおのが勝利を確信してまどろみ、そして途方もない爆音に跳び上がった。

いきなり夜が明けたかと思うほどの輝きが頭上で生じ、精一郎は、目がくらみそうになりながら、いったい何が起きたか把握しようとした。だがそうする間にも崖上から火の波濤《はとう》が押し寄せ、藪と木々、そしてたまたまそこにいた兵たちを、あっという間に燃え上がらせ、けたたましい悲鳴がほうぼうで上がった。

火は幾筋にもわかれて坂を横断し、慌てて坂上へ逃げる精一郎と兵たちと、坂下で丸太を積んで橋の修復をする兵たちおよび荘一郎とを、あっという間に分断した。

「荘一郎！」

坂下を振り返って精一郎が叫んだ。

「逃げろ、精一郎！　兵ども！　軍監を守れ！　軍監を守り、本陣へ連れ戻せ！」

炎の向こうで荘一郎が叫び返しながら刀を抜いた。

崖上に人がいてこちらを見下ろしていることにようやく気づいていた。砦の連中に違いなく、どうやってか自分たちの背後に回ったのだ。あの祠《ほこら》めいた場所に何があって、このような火を起こすことができたのか皆目不明だが、荘一郎はおのれの不覚を悟って歯軋《はぎし》りした。床几を並べて座り込んでいた場所だというのに、ろくに調べもせず、今も目の前の橋に注目するあまり背後を衝かれるなど想像もしていなかった。

「あの崖だ！　あの上にいる者たちを殺せ！」

精一郎の怒りの声が、崖上にいる政たちにも聞こえていた。

今や井戸の横穴だけでなく洞窟からも火が噴き出し、古い建物が薪となって燃え上がり、崖の周囲にも炎熱がほうぼうに流れ込み、山火事が広がっていった。

「さっさと逃げねば、おれたちも焼け死ぬ！」

おろしやがわめいて身を翻《ひるがえ》そうとしたが、その腕を兵士郎がつかんで叫んだ。

「来た道を戻っても追われるだけだ！　決めたとおり、敵陣を突破し、橋を渡るぞ！」

「おれは大将首を頂く！　貴様らはせいぜい生き延びろ！」

辻斬が、呵々大笑《かかたいしょう》しながらみなへ背を向け、炎熱が渦巻く斜面を回り込んでいった。大砲がある坂上へ向かい、登ってくる兵たちと正面からぶつかる気なのだ。

「五右衛門《ごえもん》！」

兵士郎が呼んだが、

「良い戦でしたな、若先生！　駕籠屋！　おれが殺すまで死ぬなよ！」

楽しげな声を最後に辻斬が消えた。

「行くぞ！」

兵士郎が坂下へ向かい、引導が槍を手に念仏を唱えながら続いた。

「ノロ、おれの帯につかまってろ」

政が、槍を肩に担いで言った。

「あんにゃ！」

ノロが喜んで従い、政とともに坂下へ向かった。

「ちくしょう、ちくしょう！」

おろしやが、目に涙をにじませて刀を取り、みなの後を追った。

「これで、つきが巡ってくりゃいいが……。おい、どうした？」

赤丹が、辻斬が消えたほうを見ている爺っつあんに訊いた。

「辻斬の加勢をすれば、大砲を叩ける」

「おいおい……」

「お前は生きろ、赤丹。いかさまは、ほどほどにな」

爺っつあんが、にやりと赤丹へ笑みをくれ、槍と松明を手に、悠然と辻斬の後を追った。

「くそっ、爺っつあん！　あんたと出会えて楽しかったぜ！」

爺っつあんが背を向けたまま松明を左右へ振り、崖の向こうへ消えた。

赤丹は刀を手に、急いで坂へ向かった。そこはまさに地獄だった。火だるまになった兵が暴れもがき、めちゃくちゃに走り回って力尽きていった。切り出された丸太がそっくり薪となって燃え上がる中、橋のたもとでは、十人ばかりの新政府軍の兵が無傷でおり、突っ込んでくる兵士郎たちを決死の面持ちで待ち構えている。銃兵が何人もいて慌てて銃撃したが、素早く坂を下りてくる少数を狙って撃ち倒せる技量も胆力もなく、一発も当たらないまま、たちまち接近を許すこととなった。

「どいつも、こいつも、踊ってらあ……」

南門の上で、三味線が、朗々と勢いよく楽器を奏でながら呟いた。

「あんたも、ああして踊ったのかい……。あたしを置いてさ……。はは……、もし、あたしが男だったら……、あんたと一緒に、踊ってやれたのかねえ……」

音を立てて弦が一本切れ、三味線の手から撥を弾き落とした。

三味線は撥を拾おうとせず、壁にもたれて魅了されたように対岸の火炎地獄をその目に映し続けた。やがてその息は絶えたが、火明かりがその身の影を、なおも激しく踊らせていた。

兵士郎と引導は、坂を下りた勢いのまま、荘一郎と兵たちへ突進し、激しく刀と槍を振り合い、そこへすぐさま、おろしや、政とノロ、そして赤丹が加わった。

政が、怒れる獣の形相で槍を振り回し、一人の兵の胴を打ち抜いて倒れ込ませると、その隣にいた別の一人に槍を振り下ろし、鉄笠ごと頭蓋を叩き割った。さらに、鉄砲を捨てて刀を抜く兵の顔面に拳を叩き込んでのけぞらせると、その胸ぐらをつかみ、片手で断崖の向こうへと放り投げ、悲鳴をこだまさせてやった。

「刀なんかで何ができんだっ！　殺すだけじゃねえかっ！　馬鹿野郎どもがっ！」

おろしやが、泣きわめきながら、政の槍でなぎ倒された兵の喉元に、刀の切っ先を突き込んで抉り立てた。

「死ねやぁーっ！」

赤丹が、蹴倒した兵へ、刀をやたらめったら振り下ろした。兵は指の大半を切り飛ばされて刀も持てず抵抗できなくなり、赤丹の刀で喉を切り裂かれ、血を激しく噴き出してのたうち回った。

「よこせ！」

荘一郎が、無駄撃ちした銃兵から鉄砲を引ったくると、退きながら弾込めし、片膝立ちで構えた。そうして、引導がまず兵を退け、橋へ足をかけたところを見計らって、その背を狙って撃った。引導が後ろから突き飛ばされたようにのけぞり、切り出されたばかりの丸太でできた橋桁に倒れ込んだ。

荘一郎は、さらに次の相手へ狙いをつけようとした。だがそこへ兵士郎が走ってきて、鉄砲を取られた銃兵を肩で突き飛ばし、勢いよく荘一郎の上に倒れ込ませて銃撃を妨げた。倒れた銃兵の首に、兵士郎の刀が猛然と突き刺さり、切っ先が喉骨を抉って、下にいる荘一郎の肩を切り裂いた。

荘一郎は力を振り絞って銃兵の体を押し上げて盾にし、身を起こしながら逆に兵士郎に向かって押しやった。兵士郎がさっとかわし、銃兵が前のめりにくずおれるのをよそに、荘一郎へ刀を振るった。

荘一郎が身を傾《かし》がせて逃げかわし、なんとか刀を抜いて、退きながら体勢を整えようとしたとき、坂上でまたしても爆発が起こり、赤々とした火柱が起こった。

「大砲が……」

愕然と口にしたのは、坂を平地に向かって中ほどまで下りた精一郎である。

右手で槍を振るい、左手に松明を持つ白髪の男が、坂上に並べた二門の大砲へ突進していったかと思うと、いきなり火薬樽が炸裂したのだ。衝撃で砲兵ともどもも重たい大砲が吹っ飛び、坂の向こう側へ転がり落ちていくのが見えていた。

しかも白髪の男は死んでいなかった。炸裂の前に身を伏せており、衣服に火をまとわせながらむくりと身を起こし、真っ直ぐ精一郎を見下ろしていた。

「あいつを撃て！　あそこだ！　早くせい！」

精一郎が命じて爺っつあんを狙わせたとき、横手から別の巨漢が驀進《ばくしん》してきた。

「大将首はそこか！　見つけたぞ！」

辻斬が、そこらに落ちているもののようにわめきながら刀を振り上げ迫るのに、銃兵たちがぎょっとなって銃口を向け直し、一斉に撃った。

鉄笠が砕け、全身から血煙を発しながらも、辻斬は足を止めず、銃兵の一人を跳ね飛ばして、精一郎へ刀を振るった。

精一郎は、慌てて跳びのき、かろうじて刀をかわした。いや、その左頬に熱が生じるとともに、ぬるぬるとしたものが首へ流れ落ちた。そこを切られたのは明らかで、精一郎は怒りとともに刀を抜くと、全身血まみれの辻斬が振るう刀を、狙い澄まして弾き飛ばした。

辻斬が、どっと両膝をつき、笑って精一郎と兵たちを見上げ、脇差しを抜いた。

「我、本懐をまっとうせり」

あつかましくも敵陣のまっただ中で腹を切ろうとする辻斬に、精一郎が呆れた。

「ふざけるな。こいつを撃ち殺せ――」

そう命じた精一郎は、いつの間にか坂を下りてきた爺っつあんが、槍を振りかぶっているさまに啞然《あぜん》となった。鉄砲を辻斬に向けようとした兵の首が、その槍に貫かれ、血が勢いよく飛び散った。精一郎と兵たちが驚いて四方へ退き、爺っつあんが悠々と歩を進め、膝をつく辻斬の肩を叩いて誉めながら通り過ぎ、槍を振るった。

一人また一人と兵が倒れ、精一郎がきびすを返して逃げようとしたその背を、爺っつあんの槍の穂先がかすめた。

「こ、この爺いを殺せえっ！」

精一郎が恐怖で振り返ることもできず駆けながら命じた。兵たちが爺っつあんに殺到し、刀槍をでたらめに突き込んだ。

精一郎が平地にまで下りてようやく振り返ると、爺っつあんが槍を杖に片膝をつき、その身を複数の刃が貫いていた。その向こうでは辻斬が胴丸を外し、まんまと腹を切っており、どちらも憎らしいほどの笑顔だった。

「何をしている！　とどめを刺せ！」

精一郎がわめいた。逃げ散っていた銃兵が戻り、まず爺っつあんの頭に銃口を押しつけるようにして撃ち殺した。刀や槍が刺さったまま、爺っつあんの体が前のめりに倒れ、そして動かなくなった。

「新政府軍は介錯の作法も知らぬのか」

辻斬が鼻を鳴らした。その頭に同じく弾丸が撃ち込まれ、巨体がどっと横倒れになった。

精一郎は抜いた刀を握りしめ、炎を睨みながら無言で坂を登っていった。兵たちが後に続いた。坂上に立ち、火薬が炸裂したあとの臭いに精一郎は顔をしかめた。眼下は火の海で、大砲が二つとも坂の中ほどにまで転がり落ちて火で炙《あぶ》られていた。砲身が焼けて膨張し、もはや使い物にならなくなっているに違いなかった。そしてその向こうの、橋のそばでは、荘一郎がたった一人、断崖に追い詰められていた。

「荘一郎！」

精一郎が叫んだ。

その声を聞きながら、荘一郎が刀を突き出し、兵士郎、政、赤丹、倒れた引導の止血をするおろしやと、その傍らに突っ立つノロを見回した。

「お前たちは何なのだ？　おれはいったいどこの藩士と戦って死ぬことになった？」

「新発田藩藩士、鷲尾《わしお》兵士郎だ。悪いが、他はみな砦詰めをしいられた入牢人だ」

兵士郎が告げ、荘一郎が目を剥いた。

「おめたちさえ来なけりゃ、こんなことせんでよかったんだ」

政が言った。相手が刀を捨てると思ったが、荘一郎はかえって怒りに身を震わせ、雄叫《おたけ》びを上げて兵士郎へ跳びかかった。

兵士郎が半身を引いて荘一郎の刀を受け弾いた。すぐさま政が槍を振るって、荘一郎の左腕を打ち砕き、よろめいたところを赤丹が刀で腋下を深々と刺し、ひざまずかせてから刀を抜き取った。

「名乗れ。首はあちらの大将に返そう」

兵士郎が、刀を振りかぶって言った。

「新政府軍参謀、杉山荘一郎だ。入牢人だと？　これほどの侮辱の怨《うら》み、死んでも忘れはせぬ。貴様ら揃って地獄に落ちるがいい……」

荘一郎が、どっと血を吐いてうつむいたところへ、兵士郎が刀を振り下ろした。

「地獄ってのは、おめたちみてえのがいる場所のことだろが」

政が言って、首を失った荘一郎の胴体を、断崖へ蹴り落とした。

兵士郎が、落とした首の髪を腰に結わえてぶら下げた。

坂上では、駆け下りようとする精一郎が、兵たちにしがみつかれて制止され、怨嗟《えんさ》の声を上げ続けている。

「さっさと逃げ込むとしようぜ。おい、立てるか、引導？」

赤丹が、刀の血を拭って鞘《さや》に納めながら橋へ歩み寄った。

「もう死んだ」

おろしやが立って怒ったように告げた。

「真っ先に橋を渡ろうとしてしくじったな」

赤丹がおろしやの肩を叩いて慰めた。政が引導の体を引っぱってどかし、橋のたもとに座らせた。かっと見開いた引導の目を、兵士郎が閉じさせようとしたが、瞼が硬直したように動かなかった。

「まだ生きてるつもりだぜ、この罰当たり坊主」

赤丹が苦笑して吊り橋を渡り、兵士郎、政、ノロ、おろしやが続いた。途中から桁がなく、吊り側の渡し綱をつかみ、桁をつなぐ綱を踏んで渡った。焼けた葛があちこちで切れる音がしたが、渡し綱そのものが千切れ落ちることはなかった。

こうして、坂上で絶叫する精一郎と、燃え続ける火、そして多数の骸を尻目に、五人が生き延びて対岸の砦へ戻っていった。

ときに慶応四年七月二十五日の未明であった。

四

色部はうんざりする思いで、まだ暗く朝靄《あさもや》が漂う牢屋敷の庭に入った。今日も今日とて内匠《たくみ》に呼ばれており、処刑に立ち合わねばならなかった。

そろそろ新発田城に居座るのも限界だった。今日のうちにあの馬丁が報せを持ってこねば、明日にも去らざるを得ないだろう。

そう思いながら砂利敷きの処刑場に行くと、内匠と牢役人が、すでに斬り落としたと思しき首二つに白布をかぶせたものを地面に置いて待っていた。

「今朝は、吉報が重なりますな、長門《ながと》殿」

内匠が言った。

「はて、どのような？」

「長岡城を、あちらの家老と兵が奪還した模様」

「なんと」

色部が目をみはった。新発田城下に居座る難点は、新潟湊への急報を伝達させるのにひと手間かかることだ。途中で、このように新発田藩側にも伝わってしまう。そう色部は信じた。まさか新政府軍から直接、報せを受け取っているとは、さすがに思っていない。

「長岡藩の家老も大したものですな。我らも後に続かねばならないでしょう」

内匠が、言外にお前の兵も長岡城へ向かわせたらどうかと色部を促した。

「まことに」

とだけ色部は返し、言質を取られることを避けた。

「吉報は他にもあります」

内匠が身を屈め、白布の一つをさっと取った。

馬丁の首が現れたことで、色部は危うく驚きの声をこぼしかけ、肚《はら》に力を込めて表情を変えないよう努めた。

「この首は……？」

「家で雇っていた馬丁で、我が婿が斬りました。婿は、新政府軍を迎え撃つため、ほうぼうの砦の普請を行っていましたが、そこでこの者が怪しい振る舞いをしたので、問い詰めたところ、間者であると白状したため、その場で首を刎《は》ねたそうです」

「それは……無事、仕留められて何より」

内匠はうなずき、もう一つの白布も取り去った。見るも無惨なほど傷だらけだが、元は端整な顔立ちをしていたであろう男の首が現れた。

「こちらも婿が捕らえたのを、こちらの首切り人の木暮総七が尋問し、間者働きを白状したので首を刎ねました」

総七が一歩前へ出て、色部に向かって頭を下げた。

色部はうなずき返して、もう一つの首を見つめた。そちらにも覚えがあった。勤王一揆の内情を探らせていた農民だ。しかし口が裂けても自分が銭を払っていたとは言えず、黙って相手の出方を待った。

「我が藩は、勤王一揆の企てをする者どもを始末するとともに、このような間者を一掃すべく、今しばらく人手を割かねばなりません。長門殿におかれましては、長岡城の奪還が成し遂げられた今、加勢に出るべきかと思われますが、いかがか?」

下手に出ているようでいて、これは脅迫だった。出ていかねば間者のことを訴え出ると言っていた。

完全にしてやられたことを色部は悟った。急所を暴いて新発田藩を脅すつもりが、まったく立場が逆になっていた。

「ただちにそういたそう」

内匠へそう告げると、足早に牢屋敷を退散した。

内匠が天を仰いで深々と安堵の息をつき、牢役人たちが喜びの顔になった。

「御家老様と、数馬殿の目的は、これで達せられました」

総七が言った。

「うむ……」

内匠が振り返り、口をつぐんだ。

加奈が、白布で包んだものを胸に抱き、役宅から出てきて内匠の前に立った。

総七が、牢役人たちに手振りで促し、ともに処刑場から出ていった。

「お父様の命に従って、夫は死にました」

加奈が、内匠を真っ直ぐ見つめて言った。

「夫の配下は、偽策と知ってなお、働いてくれています。夫と私の命を賭けて嘆願いたします。藩を救った者たちに報い、助命を受け入れてください。私は本気です」

「わかった。お前と婿殿に免じ、生き残った者がいれば助命し、無罪放免とする」

「夫は、報酬も約束しました」

内匠がまた溜め息をつき、

「よかろう。そのようにする」

そう言って歩み寄り、加奈の肩に手を置いた。

「まことに藩を救ったのは、そなたと婿殿だ。藩主様と領民に代わり、感謝する」

加奈はかぶりを振り、白布越しに夫の首を抱きしめた。

「感謝すべき人々は、他にいます」

内匠は加奈の肩を慰めるように撫でてから手を離した。

「屋敷に戻れ。私は藩主様と話さねばならん」

そう言って内匠は牢屋敷を出ると、待たせていた駕籠に乗り、御城へ運ばせた。

町屋敷を通過して大手町口へ向かうと、今まさに色部の兵が隊列をなして城下を去っていくのが見えた。これに城内の藩士はみな喜色満面であり、内匠はやっと肩の荷が下りた思いでまた深々と息をついたが、数馬の首を抱く加奈の姿を思い、虚《うつ》ろな気分が忍び寄ってきてそれを慌てて追い払った。

本丸にのぼり、藩主の館に入り、目通りを願った。

すぐに許されて合議の部屋に入ると、藩主の直正《なおまさ》だけでなく家老衆全員がいて、内匠をぎょっとさせた。

「待っておった。座れ」

直正に言われ、内匠は席次に従って座り、頭を垂れた。

「色部の兵が去った。見事な働きだ、内匠。領民に代わり礼を言うぞ」

「ありがたきことにございます」

「岩村《いわむら》精一郎の一隊を、佐幕派激徒を用いて足止めする策も見事であった」

「は……」

「が、見事すぎた。一隊は半数が死傷、参謀は死に、軍監も手傷を負ったという」

内匠は、愕然となって顔を上げた。

「そ……それは、確かなことですか？」

「我が藩の貢士《こうし》が受け取った急報ゆえ、確かであろう。また、山縣狂介《きょうすけ》と黒田了助《くろだりょうすけ》の隊を、今日これより太夫浜《たゆうはま》に迎える。この二人から、一隊を壊滅せし者たちの首を、岩村精一郎に渡すよう求められている」

「二人から……？」

「貢士が、佐幕派激徒の仕業と弁明したが、二人は我が藩の翻意を疑っている。このままでは新潟湊に案内したあとで、ここに攻め寄せてこぬとも限らぬ。すぐにお前が兵を連れて五頭山へ登り、砦に詰めさせた者たちの首をとるのだ。よいな。急げよ」

きつく眉をひそめる内匠を、直正と他の面々が注視した。とても何か言い返せる空気ではなかった。誰もが内匠の働きを評価する一方で、やりすぎを咎めているのだ。

この事態を収拾するには首が必要だった。砦詰めを命じた者たちを助けたいなどと言えば、ではお前が腹を切れと言われることになる。いや、急げと言うからには一刻も早く事態を収めねば、どちらの首も必要になりかねないということだ。

「承知しました」

内匠は言った。藩主と一族のためなら死も厭《いと》いはしない。だが罪人のために死んでやることなど、いかな娘の頼みでも聞けなかった。

五

南門の門を閉めた時点で、五人とも虚脱していた。

「なつぅー」

ノロだけ門の上に行ったが、ちょっと覗いただけで、涙を目に溜めてすぐに戻ってきた。

みな、ただ水が飲みたくて足を引きずるようにしながら屋形に戻った。水瓶《みずがめ》の水をあらかた飲み尽くすと、兵士郎が荘一郎の首を腰から外す間に、赤丹が刀を放り出して板敷きに横たわり、いびきをかき始めた。政も板敷きに横になり、そばでノロが丸くなった。

「狼煙が上がったら教えっから」

おろしやがそう言ったが、政はろくに聞かず眠りに落ちていた。これほどまでに力を尽くした経験などなかった。寝ている間に門を破られて刀を持った侍たちが殺到するところを想像したが指一本動かせない。眠りは深く、温かな泥の中に頭まで浸《つ》かっているようだった。夢は見ず、おさだの存在を忘れたというより、彼女の身に包まれてもはや考える必要もないといった安堵感があった。

次に目覚めたときには屋形の壁の隙間から光が差し込んでちょうど政の目元を照らしていた。政は眩しさでかぶりを振りながら身を起こし、血の臭いに慣れきってしまった鼻をこすり、土間に下りて残り少ない水瓶から柄杓《ひしゃく》で水を汲んで飲んだ。

見回すと赤丹とノロが寝ており、兵士郎とおろしやの姿がなかった。眠りに落ちる前におろしやが言っていたことを思いだし、屋形を出て北の櫓へ歩み、梯子をのぼると、そこで兵士郎とおろしやが横になって寝ていた。

政は心地好く日光を浴びながら、南門の向こうを見た。坂は一面、真っ黒く焼け焦げ、多数の白煙の柱を上げていた。煙はどれも死んだ人間の体から立ちのぼっているのだろうかと無感情に思いながら、その地獄のような光景を眺めた。

それから政は、何の期待も抱かずに御城があるほうを振り返った。

煙が一筋、上がっているのが見えた。最初に思ったのは、火事だろうかということだった。だが火事なら煙が一本だけというのはおかしいし、ここからでも見えるような太い煙を上げるのだから、誰かが意図してそうしているとしか思えなかった。

「狼煙か？」

政は呟いて櫓の縁をつかみ、目をしばたたかせた。

「なんだって？」

おろしやが目を覚まし、兵士郎が呻くような声を漏らして身を起こした。

「何か言ったか？」

「あれって狼煙か？」

政が指さした。兵士郎とおろしやが立ち、揃って遠眼鏡を持ち上げようとしてやめ、歓喜を爆発させた。

「狼煙だ！」

「狼煙だぞ！」

とうとう政も声を上げて笑い、兵士郎とおろしやと、手の平や拳《こぶし》をめちゃくちゃに叩き合わせた。

屋形からノロと赤丹が寝惚《ねぼ》けまなこで出てきて、政たちが笑い合っているのを聞くと、北の櫓に駆け寄って梯子をのぼり、ともに狼煙を見て騒ぎ立てた。

「馬鹿たれ、全員で乗ったら櫓が倒れちまうぞ」

政が笑いながら言った。

「おっと、ここで全員お陀仏《だぶつ》なんてのは御免だぜ」

赤丹が真に受け、梯子に取りついて下りていった。おろしや、兵士郎、政が続き、ノロが、「ぼー、ぼー」と笑って最後に降りてきた。

「御家老の御息女様が言ってたことが本当なら、おれたちゃこのまま山を下りて無罪放免ってわけだ」

赤丹が言った。兵士郎がうなずき、おろしやが、ぐすっと洟《はな》をすすった。政は、にかっと笑ってこちらを見上げるノロの頭を、ぽんぽんと叩いて撫でてやった。

「このまま出る。いいな」

兵士郎が言った。三味線や、野ざらしのまま横たえた墓地の遺体のことを言っていた。その全員を埋めていたら日が暮れるだろうし、そんな体力は誰にも残っていなかった。

いったん屋形に入り、水瓶の水を竹筒に移した。兵士郎が刀を差すのを除き、他は竹筒以外は何も持たず、北門を開いて砦を出た。そのまま言葉少なに坂を下りてゆくうち、木々の向こうで何か大きなものが動いているのが見えた。

「なんだあれ」

政は藪をかき分け、つづら折りの山道を登って、こちらへ向かってくるものを見た。大きなものと見たのは、ひとかたまりの集団だった。

「あれは足軽隊だぞ」

おろしやが政の後ろから覗き込んで不思議そうに言った。

兵士郎も藪の中に入ってきて、息を呑んだ。

「先頭にいるのは、数馬の舅《しゆうと》の、溝口内匠だ」

「今さら加勢に来たってのか」

赤丹がノロとともに来て呆れたように呟いた。

「違う。みな砦に戻れ。早く」

兵士郎が急いできびすを返して藪を出た。残りも来た道を戻る兵士郎を追った。

「おい、どうした？」

政が訊いた。

「助命嘆願は聞き入れられなかった。おれたちの首がいるのだろう」

兵士郎のいらえに、おろしやが憤激した。

「そんな馬鹿なことあるか！　あんだけ約束したでねえか！　おれが談判してやる！」

「よせ、殺されるぞ」

赤丹がおろしやの腕をつかんで言った。

「じゃあ、どうすんだ！　あれも殺すんか！」

「おれが話す。お前たちは橋を渡って逃げろ」

兵士郎が言い聞かせ、おろしやが眉をきつくひそめてうなずいた。

「あんにゃあ」

困惑した様子のノロの肩を、政が叩いて宥めた。

「なんでもねえ。戻って逃げるぞ」

五人とも早足になって砦に戻り、北門の閂を閉ざした。

「行け」

兵士郎が言った。

「頼むから御家老を説得してくれよ」

赤丹が、兵士郎の腕を叩いてきびすを返した。

「おめだけでやれるんか？」

政が訊いた。

「おれの首だけで満足させられるかはわからん。行け。生き延びろ」

「お侍の約束は当てになんねえな」

「この世で最も信じられん」

兵士郎が真顔で言った。政は目を丸くし、苦笑した。

「おめになんか雇われねばよかったな」

「すまなかった。だが、おれはお前と肩を並べられたことを誇りに思う」

「ふざけんな、馬鹿ったれ」

政は兵士郎を蹴飛ばしてやろうかと思ったが、かぶりを振るだけにした。

「おめたちの理屈だけで、人の生き死にを決められると思ってやがる。だからお侍は馬鹿ばっかなんだ」

言い捨てて唾を吐き、背を向けてノロとおろしやとともに赤丹を追った。

「まったくだ」

兵士郎は呟くと、井戸の桶でくそうずを汲み、北門にかけた。それから屋形へ行き、布で熾火をくるんで持ってくると、それで門に火をかけて待ち構えた。

赤丹が南門の閂を外して開くと、おろしやが先に走り出ていった。政とノロが赤丹とともに崩れかけの外門を出ると、おろしやはすでに渡し綱をつかみ、桁をつなぐ綱を踏んで、せっせと対岸へ向かって進んでいた。

「二進《にっち》も三進《さっち》もいかねえ博奕《ばくち》ごとも、これで終わりにしてほしいぜ」

赤丹がおろしやの後を追って縄をつかんだ。政とノロが続いて渡り始めたとき、銃声が響き渡った。対岸の坂を新政府軍の兵が下りてきて、銃を撃ってきているのだ。

「戻れ！　くそっ、戻れ、おろしや！」

赤丹が叫んで戻ってくるので、政とノロも引き返した。だが、おろしやは戻らず、橋桁があるところまで辿り着くと、そこに立って両手を広げた。

「やめれ！　もうたくさんだろ！　ここは好きに通れる！　全部、新発田藩の茶番だ！　おれたちは――」

銃弾がおろしやの顔面に命中し、ぱっと赤い靄《もや》がその頭部から舞い上がった。おろしやは両手を広げたまま仰向けに倒れ、断崖へと落下していった。

「おろしや！」

赤丹が地面に足をつけてわめいたとたん、その胸に弾丸が飛来し、衝撃で背から倒れた。

「おい、赤丹！」

政が慌てて赤丹の襟をつかんで引きずった。外門をくぐり、一目散に南門の内側へ戻ると、ノロが扉を閉じて閂をかけた。

「くそ、運の尽きだぜ……」

赤丹が咳き込んで血を吐いた。

「ノロ、玉は残ってっか？」

政が訊いた。ノロは懐から一つだけ出し、帯に入れていた火縄入れと一緒に政へ差し出した。

「お、おれに、考えが、ある……。こ、こっちの、櫓だ……。お、お前ら、一度、お、落ちて、生きたろ……。も、もういっぺん……」

政がいったんノロに玉と火縄入れを返し、赤丹を担ぎ上げた。

「櫓へ行くぞ」

そう言って駆け、ノロがついてきた。南の櫓へ行くには坂を登って二ノ丸に戻らねばならず、燃える門を前にして仁王立ちになる兵士郎を一瞥《いちべつ》しただけで、政は言葉一つかけず走っていった。

その直後、燃える門が突き破られ、銃を構えた足軽隊とともに、内匠が入ってきた。ついで総七が現れ、苦渋の顔で兵士郎を見つめた。

兵士郎は総七に微笑み返し、刀を抜いて内匠に目を向けた。

「この鷲尾兵士郎、藩命に従い、新政府軍を退けましてございます！　ついでに御家老様に、この首を差し上げましょう！　どうか我が首をこれから迎える新政府軍への土産とし、ここでともに戦った者の助命をお願い申し上げる！」

「黙れ！　黙らぬか！」

内匠がわめき、短筒の鉄砲を構えた。

「御家老が、家来の首をとる刀すら持ち合わせぬとは、なんというざまですか」

兵士郎が痛烈に言い放った。怒りで内匠の顔から血の気が引いた。

「貴様の首を落とす務めは、牢役人に任せるまでだ。藩を窮地に陥れた罪人め――」

内匠が言い終わらないうちに、兵士郎がにわかに駆けた。

総七が内匠の帯をつかんで思い切り後方へ引いた。それでも兵士郎が振るった刀は、内匠の頬に届いて浅く切った。刹那、総七が刀を抜いて兵士郎の胴を払い、身を回して刀を振りかぶった。

兵士郎が膝をつき、割かれた腹から、はらわたがこぼれ出るさまを見て笑った。

「こ、これでは、腹を切るまでも、ありませんな……。後は、任せます……」

「すまぬ」

総七が、一刀のもとに兵士郎の首を落とした。

「この砦の中にいる者の首を残らずとれ！」

内匠が地面に尻をついたまま叫んだ。

足軽隊がわっと走り出し、屋形に踏み入り、そこに置かれた荘一郎の首を発見した。ついで北の櫓の周辺を調べ、南門へと走り、一部が南の櫓へと駆け寄った。

「ほうら、おいでなすったぜえ……」

赤丹が、南の櫓の柱に背を預けて座ったまま、頭上の政とノロへ言った。

「おい、今なら引っ張り上げられっぞ」

政が上から声を返した。

「構うなよ。おめえのおかげで、三日も命が長引いたし、爺っつあんのあんな楽しそうな顔も見られたからな……。生き延びて、女房と弟のノロを、大事にしな……」

こいつは弟じゃないぞ、と政は返そうとして、結局何も言わなかった。すぐに足軽隊が声を上げて殺到してきた。

「伏せて、大きく息をしろ。この縄をしっかりつかんでろ。上手くいきゃ、川に渡した縄に引っかかってくれるからな」

政がノロの肩を押さえて伏せさせ、互いの腰を結ぶ縄を指さした。

「あんにゃあ」

ノロが心細そうに政の襟を握った。

「馬鹿、そうじゃね、この縄を握れ――」

政の声を、轟音《ごうおん》がかき消した。足軽隊が迫るや、赤丹が玉の導火線に火をつけ、吹っ飛んだのだ。赤丹の五体とともに櫓の柱がたわんでへし折れ、足軽隊の面々が揃ってのけぞり倒れた。砲撃で柱が欠けた南の櫓は、爆発の衝撃でひとたまりもなく傾ぎ、断崖へと倒壊していった。

足軽の後を追って走ってきた総七は、櫓が音を立てて倒れて断崖の向こうへ消えるさまを見届けると、ただちにきびすを返した。

政とノロが断崖から落ちて生き延びたことを、その場で総七だけが知っていた。

六

「逆賊の首を揃えて渡したなら何の問題もない。参謀の首も返されたと聞いた。これ以上、岩村にうるさいことは言わせせんから安心してくれ」

そう、新発田城の藩主の館で告げたのは、山縣狂介その人であった。長岡城を奪還されたものの当人は何ら痛痒《つうよう》を感じた様子もなく、鷹揚《おうよう》な態度に終始した。それが演技かどうか、その場にいる直正と家老衆の誰も判別つかず、またいずれにせよ従うしかなかった。

「千人の兵が準備万端に控えておる。予定どおり、新潟湊までの案内を頼むぞ」

山縣狂介が言った。

「承知しております」

直正が恭《うやうや》しく応じた。

山縣狂介は、評判どおりのせっかちさで席を立ち、早々に城を出て軍艦へ戻った。

「これで戦火は免れる」

直正が言った。だが代わりに、新潟湊が攻められることは誰も口にしなかった。

家老衆が解散し、内匠も疲れ切った足取りでおのれの館に戻った。

誰も出迎えず、内匠は眉をひそめておのれの履物を脱ぐと、異様に深閑とする廊下を進み、どこからか聞こえるすすり泣きの声を頼りに、奥へと向かった。

「どうした。何を泣いておる――」

内匠が部屋に入ると、そこに妻と家人が集まり、横たわって顔に布をかぶせられた誰かを囲んでいた。その布が真っ赤に染まっているのを見た内匠が、慌てて駆け寄ろうとし、立ち上がった妻が突き出す両手に遮られた。

「あなたが約束を違えたと言い残し、加奈はおのれの喉を突いて自害しました！」

妻の慟哭《どうこく》の叫びに、内匠は総身の力を失い、よろめいて廊下に座り込んだ。

「どうしてですか！　どうして加奈も婿様も死なねばならなかったのです！」

「よ、よもや、こんな……。し、仕方なかった……、さもなくば、わしが腹を……」

「切ればよろしかったでしょう！」

「な、な、なんと……？」

「あなたが腹を切らなかったから、加奈と婿様が死んだと言うのでしょう！　ならばあなたが、その腹を切ればよかったのです！」

そう詰《なじ》られたことで、内匠は何もかもが音を立てて崩れる思いがした。婿を断腸の思いで人柱にしたのは確かだった。だがそれは戦火を避けるためだった。城と一族を守るためだった。そのために誰かを人身御供《ひとみごくう》にせねばならなかった。

だが何を本当に捧《ささ》げることになるのか、こうして直面するまでわからなかった。もしこうなると知っていたとして、同じことをしたかもわからない。内匠は疲れ果て、心も倦《う》み、もはや何を信ずべきかも不明のまま、ただ全てが虚しかった。

七

りん、と鈴を鳴らした。おさだはその鈴のかすかな振動を指先に感じることで、そばにいない政に触れているような気がした。

政が侍と役人に連れていかれてから、八日目の夕刻だった。

あの件があって以来、おさだは風鈴屋での勤めも拒まれ、ただ長屋で政の帰りを待つばかりとなった。長屋のあるじは、お侍を殺した夫を持つ女を住まわせれば、報復されると恐れて、おさだに立ち退くよう仕向けた。風鈴屋のあるじが取りなしてくれたのも三日間だけだった。その後は、牢役人から何の通達もないせいで、風鈴屋のあるじも政が罪人とみなされたと考えて、おさだから距離を取るようになった。

変化があったのは四日目のことで、突然、侍が現れ、

「牢役人の木暮総七だ」

と名乗り、長屋のあるじと話して、おさだが長屋にとどまれるようにしてくれた。それだけでなく、たっぷりと銭の入った袋をおさだに渡した。

「報酬だ。お前に渡すように言われている」

いったい誰への報酬で、誰がそう言ったのか明言しなかった。おさだは政のことが知りたくて、竈の灰をかき出し、串で「まさ　どこ」と書いた。

侍はその行為を奇異なものとみなかった。明らかに、おさだが聴啞者《ちょうあしゃ》であることを知っている様子で、おさだから串を受け取り、「おれがかくまっている　にづくりしておけ　むかえにくる」と灰に書いた。

おさだがうなずくと、侍は灰に書いた字を踏み消し、人差し指を口に当てた。誰にも教えるなと言うのだ。おさだはもう一度うなずいた。侍はそれ以上は何も告げずに

去った。

以来、おさだは四日の間、ひたすら待ち続けた。ときに泣くことをやめられず、いっそ政は死んだと覚悟し、実家に帰ろうかと思うこともあった。だがそうしたところで邪魔者にされ、追い出されるか、またしても売られて奉公人にされるのがおちだった。

心細さに耐え、あの侍の言う通り、僅かな荷をまとめていつでも長屋を出られるようにしていたが、一向に迎えは来なかった。長屋のあるじも、またぞろおさだを追い出そうとして、井戸で水を汲むたび睨みつけてくるようになっていた。それでも、おさだはそこで待つしかなかった。この後の一生をかけても、政のような男とは、二度と巡り会えるものではないとわかっていた。たとえ銭が十分あって、しばらく生きるに困らないとしても、それだけでは意味がなかった。政とともにいられない自分の生に何の意味を持てばいいかわからなかった。

だがそんなおさだの思いをよそに八日目も日が暮れようとしたとき、だしぬけに誰かが戸を叩くのが聞こえた。

おさだが戸を開くと、佐吉《さきち》が立っていた。

驚くおさだに、佐吉が無言で手招きした。おさだは貯めた銭を残らず懐に入れ、風《ふ》呂敷《ろしき》にすっかり包《くる》める程度の荷を持って長屋を出た。

佐吉とともに城下の外まで一緒に歩き、街道まで出たところで、駕籠が用意されているのがわかった。笠と頬被りで顔を隠した男が駕籠のそばでしゃがんでおり、そのそばに惚《ぼ》けた顔をした青年が突っ立っていた。

おさだは、男へ駆け寄りたい気持ちを懸命に抑え、佐吉とともに歩み寄った。男が立った。申し訳なさそうに眉をきつくひそめる政の顔がはっきり見えた。

おさだはとうとう我慢できず、政の胸へ飛び込んだ。大きな両腕に身を抱きしめられ、陶然となって声もなく涙を溢れさせた。

「花火を見に行くぞ」

政はそう言うと、おさだが両手で涙を拭うのを待って、街道の南を指さした。花火で有名な片貝へ行くのだとわかった。

政は、にこにこする青年を指さし、「こいつはノロ、おれの弟分だ」と告げた。

おさだがうなずくと、その右手の小指を、政がそっと取り、自分の小指に絡めた。

「もう、おめを一人にしねえ」

おさだは政の手を胸に抱え、また泣いた。

政も佐吉もノロも、おさだが泣きやむまで待ってくれた。それから政と佐吉が、おさだを乗せた駕籠を担いで駆け出し、ノロが嬉しげに笑いながらついてきた。

途中、浜のほうで何かが激しく光るのが見えた。新潟湊が砲撃されているのだが、おさだは、ただ花火が光っているのだと思った。

その日、新潟湊が火の海に包まれて色部長門が死に、長岡城は新政府軍によって再び陥落することになる。だが、おさだはもとより、駕籠を担ぐ政たちにも、それを追うノロにも関係がなかった。

侍たちが抱え込み、まき散らすもの全てを背後に置き去り、ただ軽やかな鈴の音を連れて、駕籠かきたちが駆け去っていった。

本書は、映画「十一人の賊軍」（原案・笠原和夫　脚本・池上純哉）の小説版として著者が書き下ろした作品です。

|著者|冲方 丁　1977年岐阜県生まれ。'96年『黒い季節』で角川スニーカー大賞金賞を受賞し、デビュー。2003年『マルドゥック・スクランブル』で日本SF大賞、'10年『天地明察』で吉川英治文学新人賞、本屋大賞、'12年『光圀伝』で山田風太郎賞を受賞。他の作品に『はなとゆめ』『十二人の死にたい子どもたち』『戦の国』『破蕾』『骨灰』『マイ・リトル・ヒーロー』などがある。

十一人《じゅういちにん》の賊軍《ぞくぐん》

冲方《うぶかた》 丁《とう》｜原案 笠原《かさはら》和夫《かずお》｜脚本 池上《いけがみ》純哉《じゅんや》

講談社文庫
定価はカバーに
表示してあります

2024年7月12日第1刷発行

発行者――森田浩章
発行所――株式会社 講談社
東京都文京区音羽2-12-21　〒112-8001
電話 出版 (03) 5395-3510
　　 販売 (03) 5395-5817
　　 業務 (03) 5395-3615

KODANSHA

デザイン―菊地信義
本文データ制作―講談社デジタル製作
印刷―――中央精版印刷株式会社
製本―――中央精版印刷株式会社

Printed in Japan

ISBN978-4-06-535708-8

講談社文庫刊行の辞

二十一世紀の到来を目睫に望みながら、われわれはいま、人類史上かつて例を見ない巨大な転換期をむかえようとしている。

世界も、日本も、激動の予兆に対する期待とおののきを内に蔵して、未知の時代に歩み入ろうとしている。このときにあたり、創業の人野間清治の「ナショナル・エデュケイター」への志を現代に甦らせようと意図して、われわれはここに古今の文芸作品はいうまでもなく、ひろく人文・社会・自然の諸科学から東西の名著を網羅する、新しい綜合文庫の発刊を決意した。

激動の転換期はまた断絶の時代である。われわれは戦後二十五年間の出版文化のありかたへの深い反省をこめて、この断絶の時代にあえて人間的な持続を求めようとする。いたずらに浮薄な商業主義のあだ花を追い求めることなく、長期にわたって良書に生命をあたえようとつとめるところにしか、今後の出版文化の真の繁栄はあり得ないと信じるからである。

同時にわれわれはこの綜合文庫の刊行を通じて、人文・社会・自然の諸科学が、結局人間の学にほかならないことを立証しようと願っている。かつて知識とは、「汝自身を知る」ことにつきていた。現代社会の瑣末な情報の氾濫のなかから、力強い知識の源泉を掘り起し、技術文明のただなかに、生きた人間の姿を復活させること。それこそわれわれの切なる希求である。

われわれは権威に盲従せず、俗流に媚びることなく、渾然一体となって日本の「草の根」をかたちづくる若く新しい世代の人々に、心をこめてこの新しい綜合文庫をおくり届けたい。それは知識の泉であるとともに感受性のふるさとであり、もっとも有機的に組織され、社会に開かれた万人のための大学をめざしている。大方の支援と協力を衷心より切望してやまない。

一九七一年七月

野間省一

坪内祐三

『別れる理由』が気になって

長大さと難解に見える外貌ゆえ本格的に論じられることのなかった小島信夫『別れる理由』を徹底的に読み込み、現代文学に屹立する大長篇を再生させた文芸評論。

解説＝小島信夫

つL2

978-4-06-535948-8

中上健次

異族

共同体に潜むうめきを路地の神話に書き続けた中上が新しい跳躍を目指しながら未完のまま封印された最期の長篇。出自の異なる屈強な異族たち、匂い立つサーガ。

解説＝渡邊英理

なA9

978-4-06-535808-5

講談社文庫 目録

講談社文庫　目録

講談社文庫　目録

大沢在昌　海と月の迷路(上)(下)
大沢在昌　鏡の顔〈傑作ハードボイルド小説集〉
大沢在昌　覆面作家
大沢在昌　ザ・ジョーカー 新装版
大沢在昌　亡命者〈ザ・ジョーカー 新装版〉
大沢在昌　悪魔には悪魔を
大沢在昌／藤田宜永／堂場瞬一／井上夢人／今野敏／月村了衛／東山彰良　激動 東京五輪1964
逢坂剛　十字路に立つ女
逢坂剛　奔流恐るるにたらず〈重蔵始末(八)完結篇〉
逢坂剛　新装版 カディスの赤い星(上)(下)
オノ・ヨーコ　飯村隆彦 編　ただの私《あたし》
オノ・ヨーコ　南風椎 訳　グレープフルーツ・ジュース
折原一　倒錯の帰結
折原一　倒錯のロンド〈完成版〉
小川洋子　ブラフマンの埋葬
小川洋子　最果てアーケード
小川洋子　琥珀のまたたき
小川洋子　密やかな結晶〈新装版〉
乙川優三郎　霧の橋

乙川優三郎　喜知次
乙川優三郎　蔓の端々
乙川優三郎　夜の小紋
恩田陸　三月は深き紅の淵を
恩田陸　麦の海に沈む果実
恩田陸　黒と茶の幻想(上)(下)
恩田陸　黄昏の百合の骨
恩田陸　薔薇のなかの蛇
恩田陸　『恐怖の報酬』日記〈酩酊混乱紀行〉
恩田陸　きのうの世界(上)(下)
恩田陸　七月に流れる花／八月は冷たい城
奥田英朗　新装版 ウランバーナの森
奥田英朗　最悪
奥田英朗　マドンナ
奥田英朗　ガール
奥田英朗　サウスバウンド
奥田英朗　オリンピックの身代金(上)(下)
奥田英朗　ヴァラエティ
奥田英朗　邪魔(上)(下)〈新装版〉

乙武洋匡　五体不満足〈完全版〉
大崎善生　聖《さとし》の青春
大崎善生　将棋の子
小川恭一　江戸の旗本事典〈歴史・時代小説ファン必携〉
奥泉光　プラトン学園
奥泉光　シューマンの指
奥泉光　ビビビ・ビ・バップ
折原みと　制服のころ、君に恋した。
折原みと　時《とき》の輝き
折原みと　幸福のパズル
大城立裕　小説 琉球処分(上)(下)
太田尚樹　満州裏史〈甘粕正彦と岸信介が背負ったもの〉
太田尚樹　世紀の愚行〈太平洋戦争・日米開戦前夜〉
大島真寿美　ふじこさん
大泉康雄　あさま山荘銃撃戦の深層(上)(下)
大山淳子　猫弁〈天才百瀬とやっかいな依頼人たち〉
大山淳子　猫弁と透明人間
大山淳子　猫弁と指輪物語
大山淳子　猫弁と少女探偵

大山淳子 猫弁と魔女裁判
大山淳子 猫弁と星の王子
大山淳子 猫弁と鉄の女
大山淳子 猫弁と幽霊屋敷
大山淳子 雪 猫
大山淳子 猫は抱くもの
大山淳子 イーヨくんの結婚生活
大倉崇裕 小鳥を愛した容疑者
大倉崇裕 蜂に魅《ひ》かれた容疑者〈警視庁いきもの係〉
大倉崇裕 ペンギンを愛した容疑者〈警視庁いきもの係〉
大倉崇裕 クジャクを愛した容疑者〈警視庁いきもの係〉
大倉崇裕 アロワナを愛した容疑者〈警視庁いきもの係〉
大鹿靖明 メルトダウン〈ドキュメント福島第一原発事故〉
荻原　浩 砂の王国(上)(下)
荻原　浩 家族写真
小野正嗣 九年前の祈り
大友信彦 オールブラックスが強い理由〈世界最強チーム勝利のメソッド〉
乙　一 銃とチョコレート
織守《おりがみ》きょうや 霊感検定

織守きょうや 霊感検定〈心霊アイドルの憂鬱〉
織守きょうや 霊感検定〈春にして君を離れ〉
織守きょうや 少女は鳥籠《とりかご》で眠らない
おーなり由子 きれいな色とことば
岡崎琢磨 病弱探偵〈謎は彼女の特効薬〉
小野寺史宜《ふみのり》 その愛の程度
小野寺史宜 近いはずの人
小野寺史宜 それ自体が奇跡
小野寺史宜 縁《ゆかり》
小野寺史宜 とにもかくにもごはん
大崎　梢 横濱エトランゼ
大崎　梢 バスクル新宿
太田哲雄 アマゾンの料理人〈世界一の"美味しい"を探して僕が行き着いた場所〉
小竹正人 空に住む
岡本さとる 駕籠屋《かごや》春秋 新三《しんざ》と太十《たじゅう》
岡本さとる 質屋の娘〈駕籠屋春秋 新三と太十〉
岡本さとる 雨やどり〈駕籠屋春秋 新三と太十〉
岡崎大五 食べるぞ!世界の地元メシ
荻上直子 川っぺりムコリッタ

小原周子 留子さんの婚活
海音寺潮五郎 新装版 江戸城大奥列伝
海音寺潮五郎 新装版 孫子(上)(下)
海音寺潮五郎 新装版 赤穂義士
加賀乙彦 新装版 高山右近
加賀乙彦 ザビエルとその弟子
加賀乙彦 殉教者
加賀乙彦 わたしの芭蕉
柏葉幸子 ミラクル・ファミリー
勝目　梓 小説家
桂　米朝 米朝ばなし〈上方落語地図〉
笠井　潔 梟《ふくろう》の巨《おお》なる黄昏《たそがれ》
笠井　潔 青銅の悲劇〈瀕死の王〉(上)(下)
笠井　潔 転生の魔〈私立探偵飛鳥井の事件簿〉
川田弥一郎 白く長い廊下
神崎京介 女薫の旅 放心とろり
神崎京介 女薫の旅 耽溺《たんでき》まみれ
神崎京介 女薫の旅 秘に触れ
神崎京介 女薫の旅 禁の園へ

神崎京介　女薫の旅　欲の極み
神崎京介　女薫の旅　青い乱れ
神崎京介　女薫の旅　奥に裏に
神崎京介　I　LOVE
加納朋子　ガラスの麒麟〈新装版〉
角田光代　まどろむ夜のUFO
角田光代　恋するように旅をして
角田光代　人生ベストテン
角田光代　ロック母
角田光代　彼女のこんだて帖
角田光代　ひそやかな花園
角田光代 石田衣良 ほか　こどものころにみた夢
川端裕人　せちやん〈星を聴く人〉
川端裕人　星と半月の海
片川優子　ジョナさん
神山裕右　カタコンベ
神山裕右　炎の放浪者
加賀まりこ　純情ババァになりました。
門田隆将　甲子園への遺言〈伝説の打撃コーチ高畠導宏の生涯〉
門田隆将　甲子園の奇跡〈斎藤佑樹と早実百年物語〉
門田隆将　神宮の奇跡
鏑木　蓮　東京ダモイ
鏑木　蓮　屈折光
鏑木　蓮　時限
鏑木　蓮　真友
鏑木　蓮　甘い罠
鏑木　蓮　京都西陣シェアハウス〈憎まれ天使・有村志穂〉
鏑木　蓮　炎罪
鏑木　蓮　疑薬
鏑木　蓮　見習医《けんしゅうい》ワトソンの追究
川上未映子　そら頭はでかいです、世界がすこんと入ります
川上未映子　わたくし率 イン 歯ー、または世界
川上未映子　ヘヴン
川上未映子　すべて真夜中の恋人たち
川上未映子　愛の夢とか
川上弘美　ハヅキさんのこと
川上弘美　晴れたり曇ったり
川上弘美　大きな鳥にさらわれないよう
海堂　尊　新装版ブラックペアン1988
海堂　尊　ブレイズメス1990
海堂　尊　スリジエセンター1991
海堂　尊　死因不明社会2018
海堂　尊　極北クレイマー2008
海堂　尊　極北ラプソディ2009
海堂　尊　黄金地球儀2013
門井慶喜　パラドックス実践　雄弁学園の教師たち
門井慶喜　銀河鉄道の父
門井慶喜　ロミオとジュリエットと三人の魔女
梶よう子　迷子石
梶よう子　ふくろう
梶よう子　ヨイ豊《とよ》
梶よう子　立身《りっしん》いたしたく候《そうろう》
梶よう子　北斎まんだら
川瀬七緒　よろずのことに気をつけよ
川瀬七緒　法医昆虫学捜査官
川瀬七緒　シンクロニシティ〈法医昆虫学捜査官〉
川瀬七緒　水《みな》底《そこ》の棘《とげ》〈法医昆虫学捜査官〉

講談社文庫　目録

川瀬七緒　メビウスの守護者〈法医昆虫学捜査官〉
川瀬七緒　潮騒のアニマ〈法医昆虫学捜査官〉
川瀬七緒　紅のアンデッド〈法医昆虫学捜査官〉
川瀬七緒　スワロウテイルの消失点〈法医昆虫学捜査官〉
川瀬七緒　フォークロアの鍵
川瀬七緒　ヴィンテージガール〈仕立屋探偵　桐ヶ谷京介〉
風野真知雄　隠密　味見方同心（一）〈くじらの姿焼き騒動〉
風野真知雄　隠密　味見方同心（二）〈干し卵不思議味〉
風野真知雄　隠密　味見方同心（三）〈幸せの小福餅〉
風野真知雄　隠密　味見方同心（四）〈恐怖の流しそうめん〉
風野真知雄　隠密　味見方同心（五）〈フグの毒鍋〉
風野真知雄　隠密　味見方同心（六）〈鵺《ぬえ》の闇鍋〉
風野真知雄　隠密　味見方同心（七）〈絵巻寿司〉
風野真知雄　隠密　味見方同心（八）〈ふふふの魅〉
風野真知雄　隠密　味見方同心（九）〈殿さま漬け〉
風野真知雄　潜入　味見方同心（一）〈恋のぬるぬる膳〉
風野真知雄　潜入　味見方同心（二）〈陰膳だらけの宴《うたげ》〉
風野真知雄　潜入　味見方同心（三）〈五右衛門の鍋〉
風野真知雄　潜入　味見方同心（四）〈謎の伊賀忍者料理〉
風野真知雄　潜入　味見方同心（五）〈牛の活きづくり〉
風野真知雄　潜入　味見方同心（六）〈肉欲もりもり不精進《ふしょうじん》料理〉
風野真知雄　魔食　味見方同心（一）〈豪快クジラの活きづくり〉
風野真知雄　魔食　味見方同心（二）〈料亭駕籠《かご》は江戸の駅弁〉
風野真知雄　昭和探偵1
風野真知雄　昭和探偵2
風野真知雄　昭和探偵3
風野真知雄　昭和探偵4
風野真知雄　岡本さとる　ほか　五分後にホロリと江戸人情
カレー沢薫　負ける技術
カレー沢薫　もっと負ける技術〈カレー沢薫の日常と退廃〉
カレー沢薫　非リア王
加藤千恵　この場所であなたの名前を呼んだ
神楽坂淳　うちの旦那が甘ちゃんで
神楽坂淳　うちの旦那が甘ちゃんで2
神楽坂淳　うちの旦那が甘ちゃんで3
神楽坂淳　うちの旦那が甘ちゃんで4
神楽坂淳　うちの旦那が甘ちゃんで5
神楽坂淳　うちの旦那が甘ちゃんで6
神楽坂淳　うちの旦那が甘ちゃんで7
神楽坂淳　うちの旦那が甘ちゃんで8
神楽坂淳　うちの旦那が甘ちゃんで9
神楽坂淳　うちの旦那が甘ちゃんで10
神楽坂淳　うちの旦那が甘ちゃんで〈鼠小僧次郎吉編〉
神楽坂淳　うちの旦那が甘ちゃんで〈寿司屋台編〉
神楽坂淳　うちの旦那が甘ちゃんで〈飴どろぼう編〉
神楽坂淳　帰蝶さまがヤバい1
神楽坂淳　帰蝶さまがヤバい2
神楽坂淳　ありんす国の料理人1
神楽坂淳　あやかし長屋〈嫁は猫又〉
神楽坂淳　妖怪犯科帳〈あやかし長屋2〉
神楽坂淳　夫には　殺し屋なのは内緒です
神楽坂淳　夫には　殺し屋なのは内緒です2
加藤元浩　捕まえたもん勝ち！〈七夕菊乃の捜査報告書〉
加藤元浩　量子人間《クオンタムマン》からの手紙〈捕まえたもん勝ち！〉
加藤元浩　奇科学島の記憶〈捕まえたもん勝ち！〉
梶永正史　銃の啼《な》き声〈潔癖刑事・田島慎吾〉
梶永正史　潔癖刑事　仮面の哄笑《こうしょう》

北森　鴻　香菜里屋を知っていますか〈香菜里屋シリーズ4〈新装版〉〉
北村　薫　盤上の敵〈新装版〉
木内一裕　藁の楯
木内一裕　水の中の犬
木内一裕　アウト＆アウト
木内一裕　キッド
木内一裕　デッドボール
木内一裕　神様の贈り物
木内一裕　喧嘩猿
木内一裕　バードドッグ
木内一裕　不愉快犯
木内一裕　嘘ですけど、なにか？
木内一裕　ドッグレース
木内一裕　飛べないカラス
木内一裕　小麦の法廷
木内一裕　ブラックガード
北山猛邦　『クロック城』殺人事件
北山猛邦　『アリス・ミラー城』殺人事件
北山猛邦　私たちが星座を盗んだ理由

北山猛邦　さかさま少女のためのピアノソナタ
北　康利　白洲次郎　占領を背負った男(上)(下)
貴志祐介　新世界より(上)(中)(下)
岸本佐知子 編訳　変《ヘン》愛《アイ》小説集
岸本佐知子 編　変愛小説集　日本作家編
木原浩勝　文庫版 現世《うつしよ》怪談(一)　主人の帰り
木原浩勝　文庫版 現世怪談(二)　白刃の盾
木原浩勝　増補改訂版 もう一つの「バルス」〈―宮崎駿と『天空の城ラピュタ』の時代―〉
木原浩勝　増補改訂版 ふたりのトトロ〈―宮崎駿と『となりのトトロ』の時代―〉
喜国雅彦　国樹由香　メフィストの漫画
喜国雅彦　国樹由香　本格力〈本棚探偵のミステリ・ブックガイド〉
清武英利　石つぶて〈警視庁　二課刑事の残したもの〉
清武英利　しんがり〈山一證券　最後の12人〉
清武英利　トッカイ〈不良債権特別回収部〉
喜多喜久　ビギナーズ・ラボ
岸見一郎　哲学人生問答
木下昌輝　つわもの
黒岩重吾　新装版 古代史への旅
栗本　薫　新装版 ぼくらの時代

黒柳徹子　窓ぎわのトットちゃん 新組版
倉知　淳　新装版 星降り山荘の殺人
熊谷達也　浜の甚兵衛
熊谷達也　悼みの海
倉阪鬼一郎　八丁堀の忍
倉阪鬼一郎　八丁堀の忍(二)〈大川端の死闘〉
倉阪鬼一郎　八丁堀の忍(三)〈遥かなる故郷〉
倉阪鬼一郎　八丁堀の忍(四)〈隻腕の抜け忍〉
倉阪鬼一郎　八丁堀の忍(五)〈討伐隊、動く〉
倉阪鬼一郎　八丁堀の忍(六)〈死闘、裏伊賀〉
黒田研二　神様の思惑
黒木　渚　壁の鹿
黒木　渚　本性
黒木　渚　檸檬の棘
久坂部　羊　祝葬
黒澤いづみ　人間に向いてない
久賀理世　奇譚蒐集家　小泉八雲〈白衣の女〉
久賀理世　奇譚蒐集家　小泉八雲〈終わりなき夜に〉
雲居るい　破《は》蕾《らい》

講談社文庫　目録

ごとうしのぶ　いばらの冠〈ブラス・セッション・ラヴァーズ〉
ごとうしのぶ　卒業
古泉迦十　火蛾
小《こ》池《いけ》水音《みずね》　〈小説〉こんにちは、母さん
講談社校閲部　〈熟練校閲者が教える〉間違えやすい日本語実例集
佐藤さとる　〈コロボックル物語①〉だれも知らない小さな国
佐藤さとる　〈コロボックル物語②〉豆つぶほどの小さないぬ
佐藤さとる　〈コロボックル物語③〉星からおちた小さなひと
佐藤さとる　〈コロボックル物語④〉ふしぎな目をした男の子
佐藤さとる　〈コロボックル物語⑤〉小さな国のつづきの話
佐藤さとる　〈コロボックル物語⑥〉コロボックルむかしむかし
佐藤さとる　天狗童子
佐藤さとる　絵／村上勉　わんぱく天国
佐藤愛子　新装版 戦いすんで日が暮れて
佐木隆三　慟哭〈小説・林郁夫裁判〉
佐木隆三　身分帳
佐高信　石原莞爾 その虚飾
佐高信　わたしを変えた百冊の本
佐高信　新装版 逆命利君

佐藤雅美　ちよの負けん気、実の父親〈物書同心居眠り紋蔵〉
佐藤雅美　へこたれない人〈物書同心居眠り紋蔵〉
佐藤雅美　わけあり師匠事《こと》の顚末〈物書同心居眠り紋蔵〉
佐藤雅美　御奉行の頭の火照《ほて》り〈物書同心居眠り紋蔵〉
佐藤雅美　敵《かた》討《き》ちか主殺しか〈物書同心居眠り紋蔵〉
佐藤雅美　江戸繁昌記〈寺門静軒無聊伝〉
佐藤雅美　青雲遙かに〈大内俊助の生涯〉
佐藤雅美　悪足《あ》掻《が》きの跡始末 厄介弥三郎
佐藤雅美　恵比寿屋喜兵衛手控え〈新装版〉
酒井順子　負け犬の遠吠え
酒井順子　朝からスキャンダル
酒井順子　忘れる女、忘れられる女
酒井順子　次の人、どうぞ！
酒井順子　ガラスの50代
佐野洋子　嘘ばっか〈新釈・世界おとぎ話〉
佐野洋子　コッコロから
佐川芳枝　寿司屋のかみさん サヨナラ大将
笹生陽子　ぼくらのサイテーの夏
笹生陽子　きのう、火星に行った。

笹生陽子　世界がぼくを笑っても
沢木耕太郎　一号線を北上せよ〈ヴェトナム街道編〉
佐藤多佳子　一瞬の風になれ 全三巻
佐藤多佳子　いつの空にも星が出ていた
笹本稜平　駐在刑事
笹本稜平　駐在刑事 尾根を渡る風
西條奈加　世直し小町りんりん
西條奈加　まるまるの毬《いが》
西條奈加　亥子《いのこ》ころころ
佐伯チズ　改訂完全版 佐伯チズ式「完全美肌バイブル」〈123の肌悩みにズバリ回答！〉
斉藤洋　ルドルフとイッパイアッテナ
斉藤洋　ルドルフともだちひとりだち
佐々木裕一　公家武者信平《のぶひら》〈消えた狐丸〉
佐々木裕一　逃げた名馬〈公家武者信平㈡〉
佐々木裕一　比叡山の鬼〈公家武者信平㈢〉
佐々木裕一　公《く》卿《ぎょう》の罠《わな》〈公家武者信平㈣〉
佐々木裕一　狙われた旗本〈公家武者信平㈤〉
佐々木裕一　赤い刀身〈公家武者信平㈥〉
佐々木裕一　帝《みかど》の刀《とう》匠《しょう》〈公家武者信平㈦〉

2024年6月14日現在